人间幸有好诗词

读懂最美古诗词

沈嘉柯 著

全国百佳图书出版单位
化学工业出版社
·北京·

图书在版编目(CIP)数据

人间幸有好诗词 / 沈嘉柯著. 一北京：化学工业出版社，2022.10
ISBN 978-7-122-41950-7

Ⅰ. ①人… Ⅱ. ①沈… Ⅲ. ①古典诗歌 - 诗歌欣赏 - 中国 Ⅳ. ①I207.2

中国版本图书馆CIP数据核字（2022）第136799号

出 品 人：李岩松
策划编辑：郑叶琳　　特约编辑：王鹏远
责任校对：赵懿桐　　装帧设计：溢思视觉设计 E-mail: isstudio@126.com / 李申

出版发行：化学工业出版社
（北京市东城区青年湖南街13号　邮政编码100011）
印　　装：三河市双峰印刷装订有限公司
880mm×1230mm　1/32　印张 $8^{1}/_{4}$　字数 161 千字
2023 年 3 月北京第 1 版第 1 次印刷

购书咨询：010 - 64518888
售后服务：010 - 64518899
网　　址：http://www.cip.com.cn
凡购买本书，如有缺损质量问题，本社销售中心负责调换。

定　　价：45.00元　

自序：灵犀之旅

在我的心中，有着这样的一己之见：若你喜欢唐诗宋词，即便是读莎士比亚，也会嫌弃他太啰嗦。中国的古诗词，就是这样美妙精致又浑厚大气的存在。

我们都知道，莎翁是举世闻名的大文豪，他以精妙优美的文笔，征服了许多人。但比起中国的古诗词，他依然有逊色之处。

从形式到内容，中国古诗词真正抵达艺术的巅峰。

我以为，中国古诗词有两大特点。

其一，表达上的高度凝练，极致精准，为我们道破心境。少则 20 个字，多也不超过千字。来人间一回，总有百转千回的心思，体会到万般滋味，正是文学，代替我们说出了难以言喻的心境。古诗词，则是文学中的翘楚。李白、王维、杜甫等人顶尖的作品，一字不能改，无可取代。

其二，艺术审美的通感。我们中国的文字，象形会意，本就是图画的高度提炼与浓缩。文字训诂与溯源，能找到上古生民的衣食住行，日月星辰，江河湖海，花鸟鱼虫。

与天地万物交通，本身更加容易天人合一。古诗词不仅仅精准表达出无数人的心境，还表达得那么美。诗词配乐可以演唱，融合音乐。而我们的文字本身又是源自世界万物，这是升华了绘画。

每一个中国人，生来就在父母亲友长辈的口中，得到熏陶。

幼时朗朗上口的“夜来风雨声，花落知多少”，完成牙牙学语；初识字后的“床前明月光，疑是地上霜”，心灵有了乡愁的触动；长大懂事，进一步领悟高远博大的“两情若是久长时，又岂在朝朝暮暮”；青年立志“会当凌绝顶，一览众山小”。再往后，“壮年听雨客舟中，江阔云低，断雁叫西风”，乃至“浮生只合樽前老，雪满长安道”。

何谓审美？这就是审美。

而且是具有生命终极意义的美学。

元曲更加不必多说。在不朽的经典小说《红楼梦》里，女主角林黛玉心心念念“原来姹紫嫣红开遍，似这般都付与断井颓垣”，词句美丽动人，满口余香。

婉约亦美，豪放亦美，从苏东坡的“大江东去”到陆游的“家祭无忘告乃翁”，家国情怀，是古诗词里永恒的主题。甚至于，绝大部分唐诗宋词里的放浪形骸、哀叹愤懑，都是因为诗人们壮志未酬、报国无门，所以才“忍把浮名，换了浅斟低唱”。

我始终觉得，如此文化瑰宝，不应该演变为高深莫测的学问，而应该走向大众，更加融入我们的生活。我尝试以作家文人的角度，为大家解读古诗词。古往今来，文人大同小异，有太多共鸣默契。有情众生，尽在其中。

多年前我出版过古诗词赏析随笔集《人生是一场雅集》，力求使用生动活泼的口语，而不是学术腔，受到众多读者喜爱。他们表示很喜欢这样的解读方式，诸多篇章被知名报刊转载，央视新闻在预告《中国诗词大会》时，也拿书中序言作为总结。

这些良好反馈给了我鼓舞，总结过去探索的优点与不足，进一步完成这部《人间幸有好诗词》。在此也要感谢资深杂志主编刘金华女士邀我先行开辟专栏，完成文稿。感谢我国著名学者王兆鹏教授的点评推荐。感谢促成本书出版的杨婕女士、梦元先生。

无论是耄耋之年的长者，抑或青春正好的少年，以及深沉不惑的中年，我邀请大家与我再度展开一趟文学之旅，领略中华古诗词之美。

本书始终是我的一家之言，愿你掩卷回味，若有所思，你我在刹那之间，心有灵犀一点通。

目录

目录

目录

01

《静女》：羞涩古人的磕糖爱情

静女

静女其姝，俟我于城隅。
爱而不见，搔首踟蹰。
静女其娈，贻我彤管。
彤管有炜，说怿女美。
自牧归荑，洵美且异。
匪女之为美，美人之贻。

《诗经》是我国最早的一部诗歌总集，是韵文的源头。《静女》这首诗，归类在《国风·邶风》中。国风，也就是当时各诸侯国的民间诗歌。邶是地名，邶风，就是邶地的民歌。

当我们去读那些上古时候的爱情诗歌，会发现有一点点不同于现代的乐趣。比如《诗经》里面的这首《静女》。

“静女其姝，俟我于城隅。爱而不见，搔首踟蹰。”

一个年轻的男子跟一个女子约会。这位女子娴静温婉，非常美丽。本来说好了，两人在城墙的角落相见。可这个调皮的女孩子却躲起来了。年轻的男子就急得不行，挠头抓耳，徘徊犹豫。

“静女其娈，贻我彤管。彤管有炜，说怿女美。”

娈是美好的意思。贻指赠送。炜指的是鲜明有光辉。说（yuè）怿（yì），就是喜悦的意思。“说怿女美”的“女”，通“汝”，指代的是彤管。

对于这首诗歌里面提到的彤管，基本上都倾向于认为是一种涂了红漆的管乐器。因为从女子的心事角度来说，带给恋人的东西，多半有利于加深彼此的情意。爱情当中的礼物，偏向于选择那些漂亮的、浪漫的。送一只小小的乐器，让对方演奏出美妙的旋律给自己听。在年轻男子这一方的心中，这美好的女子，赠送给我鲜艳的彤管，令我喜悦，领会到物品蕴藏的一片心意。

“自牧归荑，洵美且异。匪女之为美，美人之贻。”

女孩不仅仅是送上乐器，还从郊野外采来荑草，赠送给男孩。荑，是初生的茅草。匪是非的意思。并非荑草真的有多么美，而是因为，这是美丽的女孩送给我的东西，我才会觉得格外美。

总之，这一幕幕爱情的画面，特别地清新唯美。按照当下的说法，好比吃了蜜糖，心头是甜的。

之所以说古代和现代相比挺有趣，就在于，这诗里面写的都是男孩的心思。原来，男子陷入爱情当中，内心世界一样很丰富细腻，感受深刻。千百年来，总是存在着刻板的偏见，认为女子多情细致，男子心硬如铁，心思粗糙，呆呆傻傻。其实并非如此。那并不是男女的差异，只是因为一个人没长大，没开窍，心智不成熟，有所欠缺。

李白写得出青梅竹马，两小无猜，苏轼写得出“但愿人长久，千里共婵娟”，沙场点兵、刀口舔血的真汉子辛弃疾写得出“我见青山多妩媚，料青山见我应如是”——好男儿其实是刚柔并济，豪迈中蕴藏细腻的。好女孩同样也可以是积极主动、热情活泼的。其实不分男女，优秀的人，都是“文明其精神，野蛮其体魄”。灵魂锦绣，身体健美。

《静女》当中，女孩带给男孩礼物；女孩捉弄男孩，躲起来，逗他玩。可想而知，这是一个多么活泼可爱、明朗率真的女孩。男孩也是一个细腻温柔，能够体察女孩心意的人。从男孩的心理活动，间接写出了女孩的性格与风姿，更加触发人的想象。这首诗的写作方法，就是不去直接描绘，而借用别人的眼睛去看、去观察、去评价，留出了想象空间。读起来，荡气回肠，浮想联翩，更加具有韵味。

在《诗经》的年代，还没有所谓的男尊女卑；谈不上对女性的种种束缚，要求女孩被动地等待男孩的追求。后世的唐诗宋词元曲，有大量的闺怨诗，因为到了那些时候，女子不再能活泼炽热地在社会上活动：闺阁小姐讲究大门不出二门不迈，贵族女子就更加严格，连饮食和出行，都是不能公然接触男人的。

好在，历史河流滚滚向前，《静女》这样的情景，在现代社会又变成常态了。这才是爱情原本的样子。谁先追求谁，根本不是问题；重要的是你来我往，两情相悦。标题取的是“静女”，但其实隐藏着一颗火热的心，静中有动。

这首诗对爱情心态的描写，也永远不会过时。短短的一首诗，有三小段，层层递进，深邃无比，构成了完整的“爱的回响”，循环而圆满，光明而喜悦。

第一个层次是因为期盼而焦灼，关于人。第二个层次是因为得到馈赠而喜悦，关于物。第三个层次是因为爱一个人，从而觉得收到的礼物极为美好，再一次关于人。

这恰好吻合了心理认知的过程。从等待一个人的具体思念，再到寄托于物上的表达情意，最后又从物品回到了人的身上，提炼出情意的本质。

《静女》给出的是一段美好爱情的典范，是一个特别正面的例子。喜欢一个人，恨不得把这世界上最美好的东西送给他。收到了你的喜欢，我领会出深层次的道理——东西再好看，那也是死物，是因为你这个人，赋予了物品最美丽的光彩。有来有往，彼此达成了心领神会。

爱情的悲剧往往在于，一方有意，另外一方却冥顽不灵，榆木疙瘩，完全不能领会其中的细微动人。最常见的爱情闹剧就是，一方费尽心思，准备了礼物，对方一看，“什么玩意儿，我不喜欢”，丢在一边。于是送礼物的人心碎，觉得被辜负了；收礼物的人烦躁，觉得多此一举。彼此误解，彼此指责，彼此怨恨。最可怕的，还会激发内心的暴力黑暗，走向伤害和毁灭。

今时今日的青年男女相恋，还是一样的过程。不管你是伟大的人物，还是渺小的个体；不管你是青春年少，还是耄耋之年。爱情面前，一视同仁，人人平等，遵守着相同的规律。爱要将心比心，爱要体会言外之意，爱要坦诚，爱也要婉转。

世间的文学艺术，能成就不朽地位的，绝大部分都涉及爱情，甚至就是爱情主题，就因为爱情是人类永恒的渴求。爱情，是一场独自上阵的冒险，也是一场完善自我的修炼。通过爱情这面镜子，检视自己的人格，检视自己的内心：是控制欲，还是温柔的照顾？是霸占，是丑恶的自私，还是平等的探寻相处？是填补空虚的游戏，还是人格升华交相辉映？

人之为人，体会到灵魂契合的电闪雷鸣，体会到被爱的温暖，才能走向宽广博大与慈悲深沉。

02

《无衣》：超燃战歌，鼓我王军

无衣

岂曰无衣？与子同袍。
王于兴师，修我戈矛。
与子同仇！
岂曰无衣？与子同泽。
王于兴师，修我矛戟。
与子偕作！
岂曰无衣？与子同裳。
王于兴师，修我甲兵。
与子偕行！

这首《无衣》出自《诗经》里的《国风·秦风》。顾名思义，这是一首秦国的民歌。当时的秦国处于现今陕西、甘肃等地，民众骁勇善战，舍生忘死，有着悲歌慷慨的风俗。

东汉的历史学家、文学家班固就形容秦地“其风声气俗自古而然，今之歌谣慷慨风流犹存焉”。

鼓舞士气，出战前的战歌。两军对垒，在冷兵器时代，依靠的就是士兵的数量、武器的精良、粮草的充沛和指挥者的鼓舞谋划；前面三种是客观条件，最后一种就是精神智慧的力量，缺一不可。其中，调动斗志、鼓舞士气，尤其重要。

古代兵法里有个哀兵必胜的说法，来源是《道德经》第六十九章：“祸莫大于轻敌，轻敌几丧吾宝，故抗兵相加，哀者胜矣。”意思就是交战时，悲愤的那一方，更加容易战胜对方。《无衣》就有着这种点燃情绪的效果。

“岂曰无衣？与子同袍。王于兴师，修我戈矛。与子同仇！”

谁说我们没衣穿？我与你同穿长袍。君王发兵去交战，修整我们的戈与矛。我跟你同仇敌忾。

“岂曰无衣？与子同泽。王于兴师，修我矛戟。与子偕作！”“泽”，也就是内衣，类似于今天的汗衫。

谁说我们没衣穿？我与你同穿内衣。君王发兵去交战，修整我们的矛与戟。一起出发去杀敌。

“岂曰无衣？与子同裳。王于兴师，修我甲兵。与子偕行！”裳一般是指下衣，在这首诗里，是指战裙。

谁说我们没衣穿？我与你同穿战裙。君王发兵去交战，修整我们的甲胄与刀兵。跟你一道杀敌共同前进。

《诗经》的民歌风格就是重章叠句，不断加强情绪。说什么没有衣服呢？我们分享彼此的长袍、内衣、战裙。从同袍到同泽、同裳，这意味着亲密无间，生死与共，这代表着高度的信任。

同仇、偕作、偕行，从激烈的情绪，过渡到行动，再到行动的坚持延续，充满了气概。

像这样的战歌，是要吼出来的。众口同唱，在战场上，激励将士们奋勇杀敌。每一次的故意反问，都是一把熊熊燃烧的火炬，投到浇油的干柴上，群情激奋，越烧越猛。

一起打过仗，经历过生死，最能培养男子之间的深厚情谊。在战场上，刀枪无眼，随时随地都可能被敌人杀死，血溅三尺。生命处在如此凶险的环境，战友就是最坚实的依靠。当你出击时，你需要战友的掩护，不让敌人围攻你；当战友杀敌时，你保护他的后背，不让敌人偷袭他。

当指挥者带头喊出：“岂曰无衣？”士兵们回应：“与子同袍。”

我们可以想象，那一刻，这些士兵们从彼此的眼神、声音传递到内心，胸口涌出一股力量的暖流，既悲壮震撼，又深情厚谊。这种有人与自己并肩作战的勇气，令他们无所畏惧。

有了战友的激情作为坚实的后盾，还需要进一步的崇高信念。王于兴师，意味着我们的战争是正义的战争，而不是师出无名的不义之战。战争是残酷的，杀人是可怕的。戈、矛、戟、甲兵，都会染上鲜血。自己，也很有可能牺牲。生命如此宝贵，只有有意义有价值的事，才值得付出。

因此，“王于兴师”代表着最高的价值观，干戈刀戟这些杀人的武器，是为了保家卫国的目标而动用，是为了正义出战。没有合情合理的正当名义发动战争，那就是不道德的、邪恶的。

当指挥者高喊“王于兴师”，下面的士兵回应：“修我戈矛。”有了战士们的团结一致，上下一心，有了战斗的正义旗帜和信念，水到渠成，就有了最后的坚定行动。

《诗经》里有很多谈论战争的诗，有着明确的态度。除了《无衣》这样的鼓舞之歌，还有《伯兮》《君子于役》等篇章。

这些诗篇，有的反映君主的穷兵黩武，表达强征服役的痛苦；有的歌颂捍卫家园的正义，批评非正义的侵略……都特别直接而真实。

“君子于役，不知其期，曷至哉？鸡栖于埘，日之夕矣，羊牛下来。君子于役，如之何勿思？君子于役，不日不月，曷其有佸？鸡栖于桀，日之夕矣，羊牛下括。君子于役，苟无饥渴？”

这就是以女子口吻，在表达着思念哀怨。她的丈夫是个服役的士兵，她不知道丈夫随军作战到了什么地方，也不知道丈夫什么时候才能回来。征战需要成千上万的士兵，就意味着有成千上万的征夫在外厮杀，而他们的妻子在苦苦守候着。养的鸡回到窝里了，太阳也落山了，放牧的牛羊也下山了。但她们的丈夫在外漂泊，肚子吃饱了吗？

面对战争，我们的古代先民，心里也有一把尺子，去衡量具体的对错是非黑白。

从文学表达的角度来看，《诗经》代表着我们最正宗的文学传统：不管是家事国事天下事，还是闺阁征夫的悲伤痛苦，不管是青年男女的爱慕告白，还是对时政的讽刺批评，都是文学的组成部分；从慷慨悲歌到浅吟低唱，从“关关雎鸠”到“无食我黍”，都是人们最真实的爱与恨。

这首从军出征的鼓舞之歌，特别能够感染人的情绪。真情实感，永远是文学最动人的原因。

纷吾既有此内美兮，又重之以修能。
扈江离与辟芷兮，纫秋兰以为佩。
汩余若将不及兮，恐年岁之不吾与。
朝搴阰之木兰兮，夕揽洲之宿莽。
日月忽其不淹兮，春与秋其代序。
惟草木之零落兮，恐美人之迟暮。
不抚壮而弃秽兮，何不改乎此度？
乘骐骥以驰骋兮，来吾道夫先路！

03

屈原：我最高贵，凡人不配

离骚　屈原

【节选段落一】

帝高阳之苗裔兮，朕皇考曰伯庸。

摄提贞于孟陬兮，惟庚寅吾以降。

皇览揆余初度兮，肇锡余以嘉名。

名余曰正则兮，字余曰灵均。

翻译：

我是上古高阳皇帝的子孙，

我去世的父亲字“伯庸”。

（《史记·楚世家》：“楚之先祖出自帝颛顼高阳。”）

太岁在寅的那年正月始春，

我降生时正是寅年寅月寅日。

父亲见我的生辰恰逢吉时，

为我取下相配的好名字。

名我为平，寓意苍天正平可法，

字我为原，效法大地养物均匀。

我的家世，生辰和名字俱佳，

我又怎能不洁身自好，不断提升自己的修养才能。

我披着芬芳的白芷，

又佩戴着兰草结成的环佩。

我唯恐时光飞逝，岁月不等人。

早晨我去采摘春日的木兰，

夕阳黄昏我在洲边采集宿莽。

日月交替不能久留，

春秋轮换自有其规律。

我想到草木凋零，

恐怕美人也要衰老了。

为什么不任用贤能，

抛弃秽政小人？

为什么还不改革措施？

乘上千里马纵横驰骋吧，

我来引导开路！

固时俗之工巧兮，偭规矩而改错。
背绳墨以追曲兮，竞周容以为度。
忳郁邑余侘傺兮，吾独穷困乎此时也。
宁溘死以流亡兮，余不忍为此态也。
鸷鸟之不群兮，自前世而固然。
何方圜之能周兮，夫孰异道而相安？
屈心而抑志兮，忍尤而攘诟。
伏清白以死直兮，固前圣之所厚。

【节选段落二】

长太息以掩涕兮，哀民生之多艰。
余虽好修姱以鞿羁兮，謇朝谇而夕替。
既替余以蕙纕兮，又申之以揽茝。
亦余心之所善兮，虽九死其犹未悔。
怨灵修之浩荡兮，终不察夫民心。
众女嫉余之蛾眉兮，谣诼谓余以善淫。

翻译：

我长声叹息而掩面涕泣啊，

哀怜人民生活诸多艰难困苦。

我尊崇美德而严于律己啊，

却早上谏诤晚上就遭受贬黜。

（修姱是指修洁而美好的意思。鞿是指马缰绳。

羁是指马笼头。比喻约束管理。）

既因为我用香蕙作佩带而贬黜我啊，

又因为我采集白芷而再次给我加上罪名。

（“蕙纕”“揽茝”就是比喻屈原提出的良好政见方略。）

只要是为了我坚持的善政理想啊，

我纵然死去九次也不后悔。

只怨恨君王糊涂，

始终不能体察人心民情善恶忠奸。

（这里的君王指的是楚怀王。）

那些女人嫉妒我美丽的眉毛，

造谣诽谤我淫荡媚惑。

（比喻朝政混乱，君王昏庸，

任凭那些奸臣诋毁屈原的品德人格。）

世俗本来就工于心计，

缺乏持守、随风转舵。

匠人丢弃绳墨，曲木将就造屋，

互相讨个欢心当成做人的尺度。

（这是拿能工巧匠做东西来比喻君王施政。不按规矩方圆尺度来做事，就会让钻空子的人泛滥成灾。颠倒是非黑白。）

烦闷忧郁的我落魄失意啊，

在当今世上我孤立无援走投无路。

我情愿骤然死去而消散，

也不愿意做出如此丑态，随波逐流。

凶猛的鹰雕不屑于和凡鸟为伍，卓尔不群，

从古到今都是这样。

哪有方枘和圆凿能相合的啊？

哪有道不同而能够相安无事地并存？

委屈压抑自己的心志，

忍受着责骂忍受着侮辱。

守住清白而献身正道啊，

本就是古代圣贤所推崇重视的。

忽反顾以游目兮，将往观乎四荒。
佩缤纷其繁饰兮，芳菲菲其弥章。
民生各有所乐兮，余独好修以为常。
虽体解吾犹未变兮，岂余心之可惩。

【节选段落三】

悔相道之不察兮，延伫乎吾将反。
回朕车以复路兮，及行迷之未远。
步余马于兰皋兮，驰椒丘且焉止息。
进不入以离尤兮，退将复修吾初服。
制芰荷以为衣兮，集芙蓉以为裳。
不吾知其亦已兮，苟余情其信芳。
高余冠之岌岌兮，长余佩之陆离。
芳与泽其杂糅兮，唯昭质其犹未亏。

翻译：

我后悔选择道路时没能观察清楚，

久久伫立着我想回头了。

掉转我的马车返回原路，

趁着这条迷途我还没走远。

赶着马车走在生长着兰草的水边高地啊，

又奔驰到长着椒树的山丘，

在那里暂且休息。

想去朝廷不被接纳，还反被指责，

我又退出来重新整理当初的衣裳。

裁剪荷叶做上衣，

集结荷花花瓣来做下裙。

（古人以上衣为衣，以下裙为裳。）

不了解我也就作罢，

只要我品格确实馨香。

加高我高高的帽子啊，

加长我长长的佩带。

芳香与光泽混合在一起，
唯独我光明高洁的本质仍然没有减损。
忽然回头眺望远方，
我将看向更加荒凉的远方。
佩戴着缤纷的各种饰品，
清香芳菲更加显著。
每个人各有各的志趣，
我独爱美善，并不觉有何独特。
就算肢解了我，我还是不会改变，
难道我的心志会因为被惩罚就改变吗?

《离骚》全诗共370余句，近2500字。开篇作为辅助的24句，屈原重点讲述了自己的生平与渊源。我们也很有必要去深度了解一个伟大诗人的来龙去脉。

宋代有个著名的历史学家，也就是写“红杏枝头春意闹”的词人宋祁，他说：“《离骚》为辞赋之祖。”鲁迅更是评价其为“逸响伟辞”。

诗词歌赋就是文艺的源头，而这个源头的源头，正是屈原。

屈原的天才手笔，一腔热血，震撼了所有人。他以香草美人，比喻忠贞贤良；《离骚》《九歌》《九章》《天问》一出，照亮了整个中国文学的开端。《离骚》正是屈原最伟大的代表作。

常人常常容易妥协、容易放弃，更加谈不上与众不同，走一条少有人去走的路。但伟大的心，却相反：他们经历痛苦思索，明白路途中的艰难曲折，还是愿意做自己。因此，伟大的作品，往往最大的特点是诚实、执拗、高贵。

这首长诗是一篇剖心的自白，从一生之初开始，交代了自己的父亲名字，生平来历，先祖血脉，介绍了自己是一个什么样的人，拥有什么样的品德和心境。但最重要的，他想说的是，自己遭遇了什么，以及如何面对这种遭遇。

古今中外的文艺作品，总是在表达两个恒久的主题：一个主题是心愿得偿的心甜意洽，欢愉快乐，踌躇满志；另外一个主题就是，人生不顺遂，壮志难酬，前路多艰辛的郁闷烦恼。

屈原希望楚国强大起来，给楚怀王提出了很多的政策意见。但是朝臣之中，很多人反对他的意见。楚怀王也没有能够明辨是非，没能做到选贤任能。屈原因此被驱逐。

这种被辜负的委屈之心，驱使他写下了《离骚》。他极力形容自己的美好，把自己比喻成香草和美人。兰蕙白芷香草美人的特征就是，极其美好，高洁芳香；但是很被动，身不由己，年华短暂，容易凋零衰老。

既然他把自己比喻成了香草美人，那么那些攻击他的人，自然被比喻成了容易嫉妒、心胸狭窄、造谣诟病的女人。“怨灵修之浩荡兮，终不察夫民心。众女嫉余之蛾眉兮，谣诼谓余以善淫。”屈原针对的就是那些朝臣。

他很坚定，表示不与这些丑恶小人为伍。“长太息以掩涕兮，哀民生之多艰”本意是形容他自己的人生坎坷，同时也是对世道的哀叹：昏庸当道，人民群众的日子不会好过。

在那个时代，他拥有最杰出的文才，他写下的诗句，蕴含着深层的寓意。优秀的文学家，总是用最简练的句子表达最丰富的含义。

他的奇装异服，高高的帽子，长长的佩带，用荷叶荷花来做衣裳，都是服务于他的内心世界的。他是故意在追求出淤泥而不染，鹤立鸡群。在人类历史上的大多数年代，卓绝的人总是少数，浑浑噩噩、随波逐流的总是占大多数。

最要命的是，人们总是会围攻这个“异类”，世人也会看不惯这个“异类”。不被理解的痛苦，深入骨髓。

他完全不掩饰自己的感情和态度，就是一个活生生的人。他眷恋自己的国家，指责楚怀王执政的弊端。他怨恨，他控诉，他也犹豫、彷徨，但最终选择忠于自己内心的信念，九死而不悔。他渴望辅助楚王，令楚国繁荣强大，却遭遇挫败而沮丧，于是退而独善其身。

在思想境界上，欣赏屈原，理解屈原，我觉得重点要关注他对自我的捍卫。他承认自己拥有极高的天赋，他将对自己美好品性的爱惜呵护，放到了生命之上。相比起个人的得失存亡，他更加在乎国家的兴衰成败、贤明君王带给民众的福祉；至于他个人，则附加在这份理想之上。

他可以跟古罗马皇帝奥勒留相提并论。他与奥勒留留下的千古名篇《沉思录》，有着相同的思路和境界，都是对内心世界的探求和推心置腹的表白。哪怕外部世界无从完善，也要保持内心的高贵高洁，尽力完善个人的灵魂。

屈原和孔子也挺适合放在一起比较。他们都有着个性上的韧性，但是明显能够区分孔子更加理性，屈原更加感性。

同样是政治家，孔子始终奔走于各国之间，收徒弟，教育大众，传播思想，服务于一个目标，实现他的理想国；屈原走向了文艺作品的抒发。屈原是个人化的，他不再与四周妥协，他的背影孤独而消瘦。

在文艺境界上，屈原多情而敏感细腻，他创造了绵延千年的创作传统。他想象的瑰丽奇异的仙境神女、虬龙飞车、服食玉英等等，都有着楚地原始的巫祷文化的影子。

孔子就不一样了，关注现实，“未知生，焉知死？未能事人，焉能事鬼？”“子不语怪力乱神”。这是儒家的现实主义。

所以我觉得，屈原的艺术家性格，大于他的政治家身份。政治家们能够委曲求全，压抑喜怒哀乐，克制情绪，为达成目的，可以合纵连横，讲谈判，讲谋略，考虑事情时权力利益优先。

屈原有庄子的幻想浪漫，却不像庄子那么逍遥放纵。在庄子而言，个体至上，个人的自由超过一切，神游物外，哪怕做个泥浆里打滚的乌龟，也不要变成卜卦的龟壳。放弃责任，放弃承担。

中国文化根基上，生长出三大典型的人格模范：屈原、孔子、庄子。屈原在极致的完美士大夫品格那一端，庄子在极致的个体逍遥自由那一端，而孔子在中间，孔子秉持的是中庸之道，热爱世界改造世界，同时保全自身，讲道理，积极主动世俗化，但又不放弃原则，追求圆融。

而屈原，宁为玉碎不为瓦全，他的脾气、他的信念，更加倾向于精神追求。“鸷鸟之不群兮，自前世而固然。”他以雄鹰和雕这种高飞翱翔的猛禽比喻自己，爱惜羽毛，非常自矜，自重身份。他也的确是楚国贵族子弟，在当时有着强烈的精英身份意识。

但是贵族子弟里面，大把的不讲气节、唯利是图的人，所以，还是因为屈原自身有高度的精神追求。

且不说楚国所处的公元前，哪怕在今天，这样一个敢于倾吐心声，敢于卓尔不群，与世俗恶习对抗的人，也是珍贵少有的。唯有个性鲜明，才能魅力无穷。越是被放逐，越是举世不容，他越是“制芰荷以为衣兮，集芙蓉以为裳”“高余冠之岌岌兮，长余佩之陆离”。穿衣打扮，是一个人内心的外化。屈原的反抗，是从内到外的反抗。

他为了心中的理想和家国情怀而殉道，自沉汨罗江。这种文化魅力和悲壮，如明月良玉般美丽、幽怨而皎洁，不容染上一丝一毫的尘埃污垢。

不是每个人都能学屈原。不过，每一次诵读，你都可以从中汲取到勇气和力量。如同攀登巅峰，去山顶上，顶礼这种心志，理解这样一种人格的存在。人生的勇气和力量，其实来自悲怆。虽千万人吾往矣，举世皆浊我独清。一腔孤勇，光耀千年。

楚人屈原，以他的一生文学才华和赤热之心，被历史记住，被千世百世流传。

04

《涉江采芙蓉》：许久未见，甚是想念

涉江采芙蓉　佚名

涉江采芙蓉，
兰泽多芳草。
采之欲遗谁？
所思在远道。
还顾望旧乡，
长路漫浩浩。
同心而离居，
忧伤以终老。

诗歌是人类最微妙的心意。所以，当我们读诗的时候，要用微妙来解读微妙。

《古诗十九首》是汉朝的作品，其中的《涉江采芙蓉》，尤其迷人，闪烁生辉。我说它迷人，是因为这首诗里面真的藏着玄机。

“涉江采芙蓉，兰泽多芳草。采之欲遗谁？”这就像一个电影的画面开头一样，有人，有景物，有动作，还有悬念。

江水里面有芙蓉，也就是莲花。沼泽里面有芳草，也就是兰草。从《诗经》开始，采芳赠人就是一种常见的表达情感的方式，也就是采花花草草，送给喜欢的人。

于是顺着这样的画面逻辑，顺着作者的情感流淌，顺着疑问，思绪被牵引。千百年来，很多人都是这样的理解顺序。那就掉进诗的迷宫了。

我是湖北人，我的故乡属于古代的云梦泽，到处都是长满莲花的池塘和湖泊。小时候的我，是个地地道道的顽童，常常到水里去采莲花、莲蓬、莲叶。但我那时候年幼懵懂，纯粹就是好玩，不会去想什么送给谁这种问题。莲花、莲蓬、莲叶玩耍过后，就随手丢弃了。

那句“采之欲遗谁？”正是我们千百年来的诗歌传统——明知故问。

写诗的人，并不是不知道答案，并不是不知道那个谁是谁，而是不想说明白。那个人在心中太重要，微妙复杂，细腻深邃的心意，实在难以道尽。

人的情意，本来就是如此。

这也是诗的本质。婉转曲折，才有诗。否则，直接来一句我想你，或我恨你，或我爱你，也就没有诗了。

心里面先有思念的人，然后才会起心动念，去采集芙蓉芳草。天真烂漫，不知道情为何物的人，心里只有建功立业宏图大志的人，哪怕他路过满江的芙蓉，目睹满泽的兰草，他也会熟视无睹，快马加鞭，赶着忙他自己的事情去。

只有经历过非常具体的思念，才会有那种难以遏制的冲动。

在遥远的古代，能够接受教育、读书识字已经非常奢侈，作诗，是高级的文艺行为。这首诗的作者还是一个能够写出深情悠远的好诗的人，绝非凡俗者。

果不其然，写这首诗的作者，马上就说出了“所思在远道”，并且还跟所思念的人“同心而离居”。

所以啊，其实当作者经过江河沼泽，第一眼看见芙蓉芳草，就已经被勾起了黯然销魂的思念，就已经决定了涉江水去采芙蓉，下沼泽去采兰草。

早在行动之前，诗歌里的主角，脑海里已经完成了送给谁这个画面，接下来只是付诸行动。

明知故问，不过是为了强调，着重突出那份深远的忧伤罢了。

这就是中国诗的特征。夏商周秦汉，魏晋南北隋，唐宋元明清，诗里面的疑问句，俯拾皆是。看到这种设问反问的时候，我们就要注意了，那意味着作者内心的情感太过强烈。

对于这首诗，历朝历代有好几种说法。

有人说是游子思念家乡，有人说是妇人思念丈夫。也有人说是被放逐的臣子，在抒发对君主的思念，就像屈原一样，对楚王的忠贞之情太深，念兹在兹。

而我觉得，这首诗，就是思念恋人所写。单纯的思乡，是不会考虑送给谁，也不会有同心离居的分隔之苦。“永结同心”，一般也是针对恋人或夫妻的情话和祝福祈祷。那么是男子所写，还是女子所写？

什么样的人，会远离家乡？什么样的人，会忧伤到这样的地步？在那个年代，出征远战、调派任职的男子，或者随家人迁居的女子，其实都有可能。

“长路”与“远道”，说的是同一段距离，相距“漫浩浩”。

“还顾望旧乡”，和上一句“所思在远道”，常常被当作对应的地理方位来解释。被思念的人在远方，那么思念的人在旧乡。

所以，这时身在旧乡的人，又想象出了画面，主角仿佛看到远方的那个人，回过头在张望旧乡。

这就是推己及人。当我在家乡这里思念你的时候，你想必也在远方思念着我，而频频回顾。

古代路途遥远山长水阔，交通行程都极其缓慢。不像现在有飞机轮船高铁，最多几十个小时，就能相会。在古时候去了太远的地方，战乱、疾病、意外事故，随时都能夺走旅人的生命。如果有任职使命，不得到帝王命令，根本不能擅离职守回家探亲，只能常年在外。

因此，每一次的别离，都可能是生离死别。那是真正的凝重。一次别离，就可能天人永诀，再也没有机会重逢。

当想象的画面熄掉以后，主角也看到了自己在现实生活中的命运，深知自己那些无尽的思念，无穷的忧伤，将会陪伴到自己老死，至死方休。

这是我所读过的最为哀婉的诗句。

世人总觉得这诗的主角必定是一个女子。也许是因为在漫长历史上，女子情深而男儿薄幸的故事实在太多了。

呦呦鹿鸣，食野之苹。
我有嘉宾，鼓瑟吹笙。
明明如月，何时可掇？
忧从中来，不可断绝。
越陌度阡，枉用相存。
契阔谈宴，心念旧恩。
月明星稀，乌鹊南飞。
绕树三匝，何枝可依？
山不厌高，海不厌深。
周公吐哺，天下归心。

05

《短歌行》：曹操的内心告白与招贤令

短歌行　曹操

对酒当歌，人生几何！
譬如朝露，去日苦多。
慨当以慷，忧思难忘。
何以解忧？唯有杜康。
青青子衿，悠悠我心。
但为君故，沉吟至今。

南朝的大诗人谢灵运曾经说过一句很骄傲的话："天下才共一石，曹子建独得八斗，我得一斗，自古及今共分一斗。"

古代的文人得意起来，睥睨四海，藐视八方，所以谢灵运的话，我们不能太当真。但是我们从中也可看出，曹子建真的很有才，是才子中的才子。曹子建，也就是曹植。他是个出现在很多传说故事里的人物。但他还有一个特别的身份，他是曹操的儿子。

一般说来，父亲杰出，不代表儿子就一定杰出。虎父犬子这种事情在历史上有大把活生生的例子。儿子杰出，或许出身一般，父亲全无才华。父子各自擅长不同，也是人之常情。而曹操、曹植、曹丕一家三人都在文学上成就斐然，显然，这中间有父亲对孩子的影响。

曹操不是一般的历史名人，他是名人中的名人，才子之上的才子。他是以帝王之心写诗。所处的位置、眼界和心境，决定了他关心的事物，自有他的角度和气韵。这是理解其诗词的核心要义。

虽然曹操没有公开称帝，只是在死后被儿子曹丕追谥为武皇帝，但曹操的一生功业太耀眼，被骂为白脸奸臣、一代枭雄，也被翻案，夸为千古雄杰。世间的褒贬常常变幻，好在，我们可以读他的诗，从中体验超越简单对立思维方式的审美。

"对酒当歌，人生几何！譬如朝露，去日苦多。"对人生的感叹，是从古到今的文学基础题。世界上有千千万万的感叹，曹操直接出画面。凭借这十六个字，他就直接站在了读者眼前。他不是小青年的哀愁幽怨，也不是平庸者的服气认命，更不是官吏酒鬼的滥饮。他是一个有心事的政治家，对酒当歌，是因为要抒发表达心中的想法。酒是引子，歌是心声。这个“当”字，慷慨之气，溢于言表。

这首诗的背景，就是在建安十三年统一中国北方以后，曹操率领大军南下，在长江向孙权刘备开战，摆酒宴请文武官员，到了深夜，耳闻乌鹊鸣叫，于是即兴写下这诗。

汉朝的乐府诗《长歌行》就有描写朝露的句子：“青青园中葵，朝露待日晞。”露珠一到了清晨，就被太阳晒干蒸发，形容时光短暂，人生苦短。

吟唱着什么样的歌？下文直接给出了回答：“青青子衿，悠悠我心。”这两句出自《诗经》里的《国风·郑风·子衿》。

『青青子衿，
悠悠我心。
纵我不往，
子宁不嗣音？
青青子佩，
悠悠我思。
纵我不往，
子宁不来？
挑兮达兮，
在城阙兮。
一日不见，
如三月兮。』

这本来是首情诗。衿指衣襟。讲述的是女子对恋人的思念，想起你，想起你的青色衣襟。就算我不能去见你，你难道不能传递音讯给我吗？就算我不去找你，你就不能来找我吗？

这个心事，原本属于恋人的微妙幽怨，特别具有爱情的心理模式。我不开口要你做什么，你自己去做了，你领会到我的心意，你来见我，这就是欢喜。

曹操在这里引用《诗经》，恰好表达了同样的心态。他想的是“周公吐哺，天下归心”。他忧的是，人生有限，当建功立业，可是建功立业非同小可，是极其艰难的大事，没有人才辅佐，没有凝聚力量，是办不到的。

“但为君故，沉吟至今”，曹操心中的君，是泛指天下英才，但在具体的诗中，又达到了奇妙的效果，仿佛一对一谈心，让对方发自内心深处，被自己吸引。一个文韬武略的人物，为了爱慕的人才，会一再沉吟“青青子衿，悠悠我心”。这何其诚意满满，感情丰富，求才若渴。

但是最关键的是，得到人才是不能勉强的，要其心悦诚服地追随效力才行。拿什么来感动贤才们呢？如何才能让世上无数英才为自己所聚所用？那就必须让他们知道自己的心。如果他们不知道，那我就要一再暗示，甚至明明白白说出来。像昔日的周公一样，感动世人，感动人才，纷纷主动来到我这里。

曹操的诗中之意，说到这个份儿上，已经感人肺腑，格外强烈，但他觉得还不够，还要再提高一个级别来强调这份心情。

于是他进一步引了《诗经·小雅·鹿鸣》里的“呦呦鹿鸣，食野之苹。

我有嘉宾，鼓瑟吹笙”。呦是鹿的叫声，苹是艾蒿。我这里有嘉宾光临，我要鼓瑟吹笙来庆贺招待。

这是在说明他将给予人才的待遇。前面是情感上的走心，后面则是礼遇尊敬。在心理层面上，逐步递进。

“明明如月，何时可掇？忧从中来，不可断绝。”就像那天上的明月，什么时候能摘下？君、嘉宾、月，从泛指的君，到嘉宾，再到朗照大地的月亮，情感之浓烈，渴求之强烈，忧思之猛烈，无以复加。

“越陌度阡，枉用相存。契阔谈宴，心念旧恩。月明星稀，乌鹊南飞。绕树三匝，何枝可依？”

阡陌是田野里交错的小路，枉是屈尊的意思。那些嘉宾穿过阡陌，屈驾来探望我。久别重逢谈心宴饮，心里念想着旧日恩情。

那明月皎洁，那星光稀少，乌鹊向南飞去，选择可以栖息的树枝。绕树飞了三圈，不知道哪一个枝头自己可以依靠。

这个意思，其实就是俗语：“良禽择木而栖，良臣择主而事。”人才的聚集，就是做人的工作。但人心需要考量，曹操很理解有识之士的犹豫怀疑。有才华的人，也想要选择合适的人去辅佐。

如何证明自己就是适合禽鸟栖息的树木？这个疑问我们暂且搁置，最后再来谈。

《短歌行》是汉朝的乐府旧题，顾名思义，就是声调音曲短促，是情绪和灵感来了的即兴之作。

曹操的忧心，其实就是时不我与。正因为人生有限，去日苦多，所以才不能坐等，不能放任自流，不能蹉跎，抓紧时间，完成自我，成就自我。

帝王将相，都会化为尘土，曹操太知道这一点，所以他才急切。这种对人生的认知，他一次又一次写诗表达感慨，在另外一首诗《精列》里曹操写过：

『厥初生，
造化之陶物，
莫不有终期。
莫不有终期。
圣贤不能免，
何为怀此忧？
陶陶谁能度？
君子以弗忧。
年之暮奈何，
时过时来微。』
……

意思还是在说，天地万物，诞生之后，就有终结之期。圣贤也不能避免这样的规律，为什么要担忧呢？

他这又是在说反话。当然不是不忧心，而是历来寻访神仙求取长生不老，实在属于虚妄，沦为无稽之谈。如此规律不可违背，时日匆匆忙忙就过去了。言外之意，他不打算虚度光阴。

一个人的境界如何，其实就是看他追求什么。毫无疑问，曹操追求的是统一大业，治国理天下，贤才群至，共同建立起辉煌的理想国，镌刻下千秋万岁名。

统一依赖军事上的胜利，陆战水战，都需要大量的专业人才。首先实现统一，才能继续推进政治抱负，打造清明盛世之国，青史留名。

《管子·形势解》里说：“海不辞水，故能成其大；山不辞土石，故能成其高；明主不厌人，故能成其众；士不厌学，故能成其圣。”

曹操化用了这两句，海纳百川，所以汪洋肆意，浩瀚雄浑，越深越能容纳人才。“山不厌高，海不厌深”，就是在表达这样的意思，我敞开胸怀，愿以山的巍峨、海的深广，欢迎天下有识之士与我并肩作战。

曹操对每一个典故的运用，都是精准无比的。只需要化用了这八个字，自然就会联想到后半截：英明的君主如何团结群众？当然是欢迎接纳众人。学子士人如何抵达学问的至高境界？当然是热爱学习才能成为圣贤。

“周公吐哺，天下归心”这个典故，简直用得天造地设，仿佛专门为曹操量身定制的一般。都说曹操是野心家，但他终生没有称帝。他是汉朝的丞相，以周公自诩，特别妙。这两个人在各自的时代，有着同样的处境。民间和官方，都在流传他们意图掌握权力架空君王的闲言碎语。曹操和汉献帝的关系，是挟天子以令诸侯。周公在周武王死后，辅助年幼的周成王执掌天下。

《史记·鲁周公世家》：“周公戒伯禽曰：‘我文王之子，武王之弟，成王之叔父，我于天下亦不贱矣。然我一沐三捉发，一饭三吐哺，起以待士，犹恐失天下之贤人。子之鲁，慎无以国骄人。’”

周公姓姬名旦，是周文王第四子，武王的弟弟。他当年执政时，呕心沥血，时刻接见贤士，生活节奏常常被打断。洗澡时，三次中断，绾起头发去见客；吃顿饭，还没咀嚼吞咽食物，三次吐出来，先去见客。这样的态度，这样的诚心，周公还怕失去天下贤士人才。

昔日周公就是以这样的态度，赢得天下才士的心。曹操这是在表明态度，向周公看齐，他也要做到这样的程度。

话说到这样的程度，也就回答了那些人才的疑惑。这真的是设身处地看问题，洞悉贤才，也做足了功课。他曹操，愿意拿出媲美周公的心意，礼贤下士，以此来招徕才士们。

曹操自己的一生，远比周公更加有名，更加流传千古。他的个性鲜明，三分天下的三国故事，也更加充满戏剧性。

曹操晚年，他的属下劝他称帝，但他拒绝了，说这是把他架在火上烤。后来曹操去世，曹丕就废了汉献帝，自己称帝。

曹操写的《蒿里行》，直接说：

『……
势利使人争，
嗣还自相戕』。

『……
铠甲生虮虱，
万姓以死亡。
白骨露于野，
千里无鸡鸣。
生民百遗一，
念之断人肠。』

他心里明白得很，只要权势利益存在争斗，就一定会有无穷纷争和战乱，民众惨遭不幸，生灵涂炭，野外都是老百姓的白骨，正常的生活全被摧毁，千里范围都没有鸡鸣人烟。

谁能一统山河，谁就能完成个人宏图霸业，同时又拯救万民。

人的动机向来是复杂综合的，有私心不要紧，除了看主观意图，还得看这动机的客观效果。曹操唯才是举，不看虚名，要能够做实事的人，打破门第限制，屡次发出求贤令，打击豪强，严于律法，一统北方，地地道道的乱世大英雄。

曹操这诗，符合身份，又真情实意。他不绕弯子，直抒胸臆，才把诗写得深入人心。那些人才们，听到这样的诗，受到感染，自然也会激发珍惜时光、建功立业之心。

这是一首千古好诗，是诗人的内心告白，也是一篇高级的“招贤令”。他的诗，有感而发，也有实际的功用，表明心迹，传达心声，让世人听到，响应他，追随他。

06 陶渊明：官场污浊，我要回家继承家产

归园田居（其一） 陶渊明

少无适俗韵，性本爱丘山。
误落尘网中，一去三十年。
羁鸟恋旧林，池鱼思故渊。
开荒南野际，守拙归园田。
方宅十余亩，草屋八九间。
榆柳荫后檐，桃李罗堂前。
暧暧远人村，依依墟里烟。
狗吠深巷中，鸡鸣桑树颠。
户庭无尘杂，虚室有余闲。
久在樊笼里，复得返自然。

在我们年少的时候，或多或少听说过陶渊明，甚至还背诵过他的《饮酒（其五）》：

『结庐在人境，
而无车马喧。
问君何能尔？
心远地自偏。
采菊东篱下，
悠然见南山。
山气日夕佳，
飞鸟相与还。
此中有真意，
欲辨已忘言。』

这首诗渲染出至高的意境。尤其是“采菊东篱下，悠然见南山”，气度超凡脱俗，刻画出山下高雅士大夫的面貌精神。虽然结庐在人境闹市，却没有车马喧嚣。为什么能够做到这样的境界呢？因为心是高远的，自然感觉所在之处是僻静的。黄昏时刻山上雾气袅绕，风景更加美，飞鸟结伴飞回来。这里面有人生的真谛，想说点什么，却陶醉其中，忘记语言了。

他的《归园田居》，更是有名的代表作。《归园田居》是包括五首诗的组诗，此为其中的第一首，被很多人喜欢。可以说，这首诗，恰好回答了《饮酒（其五）》的留白。

究竟是什么真意？到底想辩说言谈些什么呢？

“少无适俗韵，性本爱丘山。误落尘网中，一去三十年。”陶渊明开宗明义，直抒胸臆，从年少的时候开始，他就不习惯世俗，没有那种媚俗的个性，他的天性是喜欢山山水水。可是，他误入官场，从少年到四十一岁辞官，大约有三十年。陶渊明于公元 405 年当江西彭泽县令，八十多天后辞官，作《归园田居》。他当官十三年，所以也有说法，认为“三十年”是“十三年”之误。

前面提到了“尘网”，后面对应就出现了“羁鸟”。羁鸟就是关在笼子里的鸟。鱼当然是喜欢自由自在在江河湖海里游着，可是，却困在了狭隘的小池塘里。“羁鸟恋旧林，池鱼思故渊”也就是他的心情，只想远离官场，重新返回从前无拘无束的生活。正所谓“海阔凭鱼跃，天高任鸟飞”。

陶渊明的童年，在他自己的笔下，是欢快又惬意的，享受着读书的乐趣。再加上他幼年丧父，没有严父管教，更是自由散漫。《饮酒》里写着：“少年罕人事，游好在六经。”《与子俨等疏》里又写：

『少学琴书，
偶爱闲静，
开卷有得，
便欣然忘食。
……
常言：五六月中，
北窗下卧，
遇凉风暂至，
自谓是羲皇上人。』

“开荒南野际，守拙归园田。”君子固穷，文人甘于清贫，是为守拙。这两句诗的意思就是，在南边的郊野开垦荒地，我坚守着高洁朴素，回到故乡的园田居。

“榆柳荫后檐，桃李罗堂前。”榆树柳树的浓荫覆盖着屋子后檐，桃树李树罗列种植在堂前。

“暧暧远人村，依依墟里烟。狗吠深巷中，鸡鸣桑树颠。”这一幕，尤其勾起人的乡愁。我的童年时代，也在乡村住过。外祖母外祖父是乡下村庄的人。有时候去探望他们，黄昏暮色中，当真是宁静和睦的画面。做饭的人家，烟囱里冒出袅袅的炊烟，狗在深长的巷子里吠叫，鸡在桑树的树顶上打鸣。

“户庭无尘杂，虚室有余闲。”庭院一尘不染，没有尘俗杂事，空静的房室十分安闲。

“久在樊笼里，复得返自然。”我曾经久久地被困在官场这个无趣束缚人的牢笼里，如今终于重返能够释放人的天真本性的大自然。

这诗的名字叫《归园田居》，是因为他家在当地属于望族，用今天的话说，是大家庭，有产业。陶家有多处房产，其中的一套房子在乡间，叫“园田居”。

这套房子有多大？“方宅十余亩”。陶渊明是生于晋代的人，在官场厮混了多年，活到了南朝宋初。当时的一亩地多大？

我仔细查了一下资料，《中国度量衡史》这本书里说，从夏商周开始到清朝，历代一亩的实际面积有很大的差别。学者的考证比较复杂，我就引用下大致结论。现代一亩地约等于666平方米。在靠近陶渊明的年代，最小的亩可能是两百多平方米，也可能是六百多平方米。也就是说，如果陶渊明写诗比较实在，他家的园田居，至少面积有两千平方米。哪怕是古代的乡间宅子，也是大宅门了。

他的曾祖陶侃，是晋代大司马，位列三公之一。陶渊明的祖父、父亲、叔父等都做过官。虽然年少失去父亲，但叔父依然在任。他能担任彭泽县令，也还是因为叔父向江州刺史推荐的结果。

人长大后，读书越细致越发现各种真相。难怪陶先生不为五斗米折腰，辞职去玩耍。因为人家本来就有钱。上班不开心，当芝麻小官不开心，见上司摧眉折腰事权贵不开心，那就拜拜吧，我回我的乡间大别墅。

老家没有宅子的陶渊明，能不能那么潇洒地拂袖而去，不为五斗米折腰？我看未必那么洒脱了。人必自给自足，方能无求，方能品自高。

不同的人，个性不一样。就陶渊明来说，他其实有天性中喜爱自由散漫的一面，从小的生活方式，也养成了任意天真的习性，不想委屈自己去溜须拍马，奉迎上级。这除了是中国古代文人传统的“独善其身”，也因为他其实过得算舒服的，饮酒恬淡，逍遥洒脱。毕竟经济基础决定了上层建筑嘛。陶渊明在他的《感士不遇赋》里说的“宁固穷以济意，不委曲而累己”，就是这个意思。

那么陶渊明的真实个性，也就呼之欲出了。朱光潜评价陶渊明：陶潜浑身是“静穆”，所以他伟大。

我们大多数人多多少少读过陶渊明的“带月荷锄归”“悠然见南山”。朱光潜说陶渊明静穆，并没有错。然而鲁迅的确比朱光潜更加高明，因为他太火眼金睛，直接就能看出来，陶渊明的静穆只是中国传统文人的入世儒家是内里，出世隐逸是表象。

一不留神，陶渊明就在别的诗里露出了骨子里的真相：“刑天舞干戚，猛志固常在。同物既无虑，化去不复悔。徒设在昔心，良辰讵可待！”

陶渊明的底子，并不只是一派田园诗意，而是脾气硬，个性强，安能摧眉折腰为五斗米？刑天是《山海经》里记载的神话人物，在陶渊明笔下，刑天脑袋都被砍掉了，还拿着盾和斧子要战斗下去，猛志不改。想一想这个画面，就知道陶渊明是个多么热血、多么内心骄傲的人。

一个真正和光同尘的人，官场堆出笑脸迎奉上司，混点过日子，下班了玩自己的去。但陶渊明不是这种人，他根本做不到虚与委蛇。他不得志就独善其身，以隐居对抗污浊。

朱光潜其实也很可能是拿陶渊明来浇自己心中的块垒，借陶潜之名突出他个人的美学理念；他推崇静穆伟大，就说陶渊明因静穆而伟大。

但鲁迅直达本质，道破天机：陶渊明就不是一个静穆的人，他的本质，是猛士。所以，他的崇高伟大，才更加令人钦佩。

07

鲍照：我委屈，但我不说

拟行路难（其四）　鲍照

泻水置平地，
各自东西南北流。
人生亦有命，
安能行叹复坐愁？
酌酒以自宽，
举杯断绝歌路难。
心非木石岂无感？
吞声踯躅不敢言。

也许是打翻了酒瓶子，看那酒水在地上四面流淌得来的灵感；也许是偶遇下雨天，看见那街头泻水；还可能是家人洗衣服泼出的水。什么都有可能。心里有叹息和愁苦的人，总会被生活中某个细节触动，就算不是“泻水置平地”，也会有别的什么来感慨。诗人人生不如意，就会写诗。

写作的灵感，往往就是留意到这样的生活细节，找到与广泛的人生内在的相似性。我们说一首诗形象生动，就是指把抽象的道理，赋予到具体的事物上。

让现代人去理解古代才子的愁苦，还是先要往不得志和压抑去体会。南北朝的不得志，门阀高阻，那是一种近乎绝望的不知所措。看得到高头大马出入，看得到不如自己的人在把握朝政，自己却不得其门而入。好不容易攀附上，却发挥不了什么作用。贫寒庶人的子弟也拿士族们没办法，平时还要看他们脸色以求携带。话也不能乱说多说。

一个人是朝西去，还是往东走，是北上，还是南下，他的人生自有一种宿命的安排。在我们现代人看来，也是可以理解的。比如出身豪门，自然可以在大城市发光发热。如果出身贫寒，那么就不容易留在大城市，要通过加倍努力才能留下来。这种出身，是先天的，很难选择。所以叫“人生亦有命”。

尽管如此，怎么能够一个劲儿抱怨诉苦哀叹呢？还是要面对问题，直面惨淡。又是悲叹，又是忧愁，没有人安慰自己，没关系，那我就自己喝酒安慰自己，这就是“酌酒以自宽”。

“举杯高歌行路难”，举杯喝酒排遣烦恼忧愁，还高声唱起诗歌，抒发情绪，却还是唱不下去了。因为发牢骚容易得罪人，权大势大的人得罪不起，只能憋在肚子里。这就是“吞声踯躅不敢言”。

实在太痛苦了，该怎么办呢？作者留白了，没有接着往下说。

那些高门子弟，凡有的，更加拥有，包括名利，还包括话语权；凡没有的，得不到实现抱负的机遇，还不给人发牢骚的空间。不让我说？那我就说一半。说一半，比不说还厉害。这是文学的妙处，也是无奈，夹缝中求生存。

鲍照去找临川王刘义庆，无论如何都不甘心碌碌无为。他求青睐，求赏识，求重用，不惜主动出击抱大腿。

别人劝他：“郎位尚卑，不可轻忤大王。”他却更加愤愤不平：“千载上有英才异士沈没而不可闻者，岂可数哉！大丈夫岂可遂蕴智能，使兰艾不辨，终日碌碌与燕雀相随乎？”

这是个心里住着鸿鹄的男人，这么拼命，终于得了一官半职——临川国侍郎。然而好景太短暂，刘义庆一死，鲍照的靠山没了；朝中无人，他就没官可做了。做不了官，还能做什么呢？

所以说，让现代人理解这样的古代才子，第一原则是将心比心。那个年头，当不了官，就没有任何其他办法施展抱负，一展所长。文采绚烂，天下皆知，这事不难，鲍照已经做到了。但是敲门砖再漂亮，门开了又关上，等到大门下一次再打开，进门却发现门里一塌糊涂，都是一些争权夺位的野心家，个个揣着刀斧，要雷霆一般粉碎敌人。

回过头，再看那砖，何其心酸，行叹复坐愁。除非去当个深山居住的隐士，人生也没什么选择了。天地之大，却没地方安放一颗不甘平凡的心。生死迅疾，世道变得太快。南北朝的皇帝，走马灯似的，三天两头换人，乱哄哄你方唱罢我登场。下面的官员也不好生存，时刻要站队和重新站队，不停杀来杀去。

前后十几二十年，鲍照又跟了几任领导，职务也做了好几种。他抱的大腿动不动就崩塌，他也很无奈。就这么在斗争中，他被乱兵给杀了。这样的结局，令人无限同情和唏嘘。

烦闷愁苦，郁郁不得志的压抑，自己发牢骚还不够，还要《代白头吟》《代放歌行》。对于鲍照这样的人来说，玩文艺的好心情，是暂时的。那一片冰心在玉壶里高洁，是不够的。

泻水之苦，苦在身不由己。东西南北，随地势高低，艰难险阻而混乱流去。他的人生命运，终于像他写的诗一样，达成一致。他写了那么多宽慰自己的诗，有意无意地，猜中了自己的结局。

白云一片去悠悠，青枫浦上不胜愁。
谁家今夜扁舟子？何处相思明月楼？
可怜楼上月徘徊，应照离人妆镜台。
玉户帘中卷不去，捣衣砧上拂还来。
此时相望不相闻，愿逐月华流照君。
鸿雁长飞光不度，鱼龙潜跃水成文。
昨夜闲潭梦落花，可怜春半不还家。
江水流春去欲尽，江潭落月复西斜。
斜月沉沉藏海雾，碣石潇湘无限路。
不知乘月几人归，落月摇情满江树。

08

《春江花月夜》：江边赏月，处处有情

春江花月夜　张若虚

春江潮水连海平，海上明月共潮生。
滟滟随波千万里，何处春江无月明！
江流宛转绕芳甸，月照花林皆似霰；
空里流霜不觉飞，汀上白沙看不见。
江天一色无纤尘，皎皎空中孤月轮。
江畔何人初见月？江月何年初照人？
人生代代无穷已，江月年年望相似。
不知江月待何人，但见长江送流水。

张若虚这首诗时而被夸张吹捧到天上，时而又被局限在了文辞本身，被认为高估了。

其实，两种极端都是误会。

清末学者王闿运评价其为“孤篇横绝，竟为大家”。近代著名学者、诗人闻一多在《宫体诗的自赎》中评价《春江花月夜》是“诗中的诗，顶峰上的顶峰”。

但他们的赞颂，都是有前提的：放在宫体诗的范围内看，此诗乃是大家之作，巅峰之巅。

闻一多的完整评价是：“至于那一百年间梁、陈、隋、唐四代宫廷所遗下的那份最黑暗的罪孽，有了《春江花月夜》这样一首宫体诗，不也就洗净了吗？向前替宫体诗赎清了百年的罪，因此，向后也就和另一个顶峰陈子昂分工合作，清除了盛唐的路，——张若虚的功绩是无从估计的。”

所谓宫体诗，也就是齐梁时代到隋唐期间，帝王宫廷里流行的浮艳奢靡的诗。《南史·梁简文帝本纪》：雅好赋诗，其自序云“七岁有诗癖，长而不倦”。然帝文伤于轻靡，时号“宫体”。

这种诗轻薄，专注于描写艳情，沉迷酒色的生活，格调低下，把妇女当成玩物。所以闻一多说它们是黑暗的罪孽。《春江花月夜》也是一首宫体诗，但张若虚却写得干净清洁，超凡脱俗。

我们可以想象一下当时的场景。诗人张若虚，春天的时候来到江边。海面上潮水起伏，海上一轮明月和潮水一起升起来。于是月光照耀着海水，波光粼粼，滟滟生辉，随着波浪流到千万里之外。江水围绕着长满芳草鲜花的原野，明月朗照着树枝，就像是给那些花树撒上了雪花粒。月光流淌，空中仿佛充满看不见的飞霜。

在银白色的月光照耀下，水边地上的白沙也看不到了。江水和天空一个颜色，看不到半点纤细的尘埃。空中一轮孤独的月亮，无比皎洁。

是谁在江边上第一次看见月亮？江边的月亮又是在哪一年第一次照着？一代又一代的人没有穷尽，新旧交替，而江上的月亮年年看着都很相似。也不知道江月等待着谁？只看见长江奔流。

写诗的人本来独自一人在江边，沉浸在此情此景中，浮想联翩，发出了天问。忽然看到水中的一叶扁舟。

他笔下的镜头场景马上切换了。因为看到了船，就想到了漂泊乘客，想到了有人要回家，那么自然就想到了还有人在家里等待着。明月照在江上，也照在楼上。

楼是什么楼？相思明月楼。女子在楼中思念丈夫，她的闺阁绣楼上，月亮也缠绵徘徊，不舍得离去，照着她的梳妆镜台。

卷起帘子，月光还在；捣衣服的砧石上，月光拂去又照回来。这就是形容相思难以断绝，无从驱赶。

一头是江边扁舟上的飘零客，一头是良人在外没回家的离人思妇。同一个春天夜晚的月亮下，他们各自凭空遥遥相望，却不通音讯。这女子，她愿意让自己的思念，随着这月光流淌而去，照着心上的他。

鸿雁鱼龙都是指书信往来，“鸿雁长飞光不度”寓意书信不通。

眼看着一江春水向东流去，春天已经过了大半，丈夫却还没有回家。月亮渐渐也要沉下去了，藏在弥漫升起的海雾当中。北方的海碣石，南边的潇湘水，相隔无尽的路。

不知道有几个人能头顶着月光趁夜回家。落下的月亮摇动着思念之情，洒满江边树林。

闻一多在《宫体诗的自赎》里认为张若虚的思考延伸到宇宙间，发出天问："没有憧憬，没有悲伤。张若虚这态度不亢不卑，冲融和易才是最纯正的对每一问题，他得到的仿佛是一个更神秘的更渊默的微笑，他更迷惘了，然而也满足了。"……

做美学研究的李泽厚说："它是一种少年时代的憧憬和悲伤。"

其实闻一多和李泽厚他们都说错了。

张若虚是故作天真之语。既然他写得出"青枫浦上不胜愁"，写得出后半截诗句，洞悉离人的思念，明白月下捣砧的悲苦，那他就不会是个天真无忧的人。

他懂得宇宙之间，白云苍狗，人间千愁万绪，就是"有情"带来的烦恼。"昨夜闲潭梦落花，可怜春半不还家"，这是刻骨铭心的感受，他代替闺阁中的怨女，说出了她的心事。

人生忧患情动始，张若虚才会有这样的唏嘘浩叹。有人的地方就有离别，有夜晚的月亮，就一定会有相思。不管月亮是什么时候第一次照着江畔，还是月光什么时候照到第一个人，初照江畔的寂寞空无，跟后来千万年的寂寞空无，是一样的；初照人的忧伤与思念，跟后世千千万万人的忧伤和思念，也是一样的。张若虚这诗里，有一股苍老的暮静和对包括他自己在内的一切世人的怜悯。

暮静，也就是一个人岁月渐老，历经世情，重重叠叠掩盖后的心。看似平静，隐藏深情。

前半部分的江边望月之惆怅，正是后半截的扁舟归人的结果。唐人张若虚，玩了一手倒因为果，达成了情绪上的循环往复。

《春江花月夜》提到的都是人世间极美的景物。正是景物太美，才分外显现出人的苍茫微渺。人生的常情规律，在天地之间，在人隔千万里的时空中，无可奈何。一代一代人生老病死，新旧交替，都看着月亮，起了相思。人同此心，年年望月。

从江边的小船，联想到楼中女子在思念良人。最后思绪再拉回现场，月沉雾浓，南北遥远，此刻江边月照树林，伴随离情别绪一起摇晃。

张若虚不是“哀而不伤”，而是“哀而至伤”，看起来就像没有悲伤了。风景越美，哀叹越深，深到极处，大悲无泪，反而显得语调平淡，恬静平和了。

“不知乘月几人归”，其实是个概数的反问。几人，也就是不知道多少人都做着同样的事情，远去，又归来。从独悲独叹，扩散到哀叹众生，打通了每个人的心。

山川萧条极边土，胡骑凭陵杂风雨。
战士军前半死生，美人帐下犹歌舞。
大漠穷秋塞草腓，孤城落日斗兵稀。
身当恩遇恒轻敌，力尽关山未解围。
铁衣远戍辛勤久，玉箸应啼别离后。
少妇城南欲断肠，征人蓟北空回首。
边庭飘飖那可度，绝域苍茫更何有。
杀气三时作阵云，寒声一夜传刁斗。
相看白刃血纷纷，死节从来岂顾勋。
君不见沙场征战苦，至今犹忆李将军。

09

《燕歌行》：废柴将领被骂实锤，君王何时辨识人才？

燕歌行　高适

汉家烟尘在东北，汉将辞家破残贼。
男儿本自重横行，天子非常赐颜色。
摐金伐鼓下榆关，旌旆逶迤碣石间。
校尉羽书飞瀚海，单于猎火照狼山。

这首诗讲述了一个完整的古代战争故事，高适的看法与态度都融入其中。

说它完整，是因为起承转合一应俱全，前面铺垫叙述，中间渲染对比，情节转折，结局令人深思。

作为一个唐朝诗人，高适讲述了将士跟边塞匈奴作战的故事。但他用汉朝来指代唐朝，那么我们心里就有了一个基本的底儿，这也是在借古讽今。当时御史大夫张守珪出塞返回，写了一篇《燕歌行》给高适看。高适对征战也有感慨，写了一篇同题的诗，与这位御史大夫唱和。

开篇这两句是说东北边境，狼烟四起，燃起了战火。将军离开故土，征战沙场，讨伐边境的叛贼。这里指的是在公元730年，契丹和奚族与唐朝开战。

“男儿本自重横行，天子非常赐颜色。”这一句其实就已经有着讽刺的意味了。历史上有个典故。

孝惠时，（季布）为中郎将。单于尝为书嫚吕后，不逊，吕后大怒，召诸将议之。上将军樊哙曰：“臣愿得十万众，横行匈奴中。”诸将皆阿吕后意，曰“然”。季布曰：“樊哙可斩也！夫高帝将兵四十余万众，困于平城，今哙奈何以十万众横行匈奴中，面欺！且秦以事于胡，陈胜等起。于今创痍未瘳，哙又面谀，欲摇动天下。”是时殿上皆恐，太后罢朝，遂不复议击匈奴事。

刘邦建立汉朝，在他死后，他的皇后吕雉独揽大权，垂帘听政。

当时是汉惠帝在位，匈奴君主单于写信给吕雉，信里轻慢侮辱了吕后。将军樊哙当时跟吕雉说：“臣愿意带领十万人马，横行匈奴，征服敌人。”季布马上就反驳:“汉高祖当年带领四十多万的将士跟匈奴开战，都被困在了平城。樊哙这是在欺君，罪该斩首。……现在伤疤还没愈合，樊哙又阿谀奉承讨好君主，他这是要令天下动荡不安。”

樊哙这话说得太大了，特别轻敌。在军事战争当中，往往骄兵必败，损失惨重。

将士们本来就骄横，再加上皇帝要破格给他们非常高的礼遇荣耀，更加助长了他们的跋扈，耀武扬威，大意轻敌，埋下了后患。

“摐金伐鼓下榆关，旌旆逶迤碣石间。”这两句是形容出战的将士队伍金戈铁马，军鼓重锤，旗帜飘扬，显得非常的壮观。这也是在进一步渲染唐朝军队的自大狂妄。

马上转折就来了。“校尉羽书飞瀚海，单于猎火照狼山。”校尉紧急传递羽书报信。军情跨越瀚海抵达朝廷。瀚海指的是沙漠，这一句里面的飞字，特别生动！写出了匆忙急迫的感觉。匈奴的首领单于已经带兵打到了狼山了。

“山川萧条极边土，胡骑凭陵杂风雨。”山川萧条，边境荒芜，胡人凭借着骑兵利器欺凌逼近，夹杂着凄风惨雨。这句更是渲染出战场局势的残酷险峻。

荒唐可笑的是，“战士军前半死生，美人帐下犹歌舞。”当战士们在沙场征战牺牲过半，将军的营帐前面，美人还在歌舞升平耽于取乐。

这个时候高适已经变成了尖锐的批评了。这样醉生梦死的将领如何带领士兵们打胜仗？当然不行。

“大漠穷秋塞草腓，孤城落日斗兵稀。”当时已经是深秋季节，沙漠草木都干枯了。落日映照这一片孤城，士兵们战死太多，人数越来越少。

“身当恩遇恒轻敌，力尽关山未解围。”大将军深受皇恩却轻敌，在边塞拼尽全力还是不能摆脱匈奴的包围。悲惨的结局，不出意外，变成了事实。

“铁衣远戍辛勤久，玉箸应啼别离后。少妇城南欲断肠，征人蓟北空回首。”铁衣指代身披铠甲的将士们。玉箸是指白色的筷子。筷子是两根，人流泪是两行，形容思念的泪水连绵如注。这些将士们远征沙场，已经辛劳太久。他们的妻子，在别离之后，因为思念忧心而落泪。

长安城中的居住区在南边。所以这些少妇在城南思念丈夫，心碎断肠。蓟北就是现在的天津北部一带，用来指代当时的唐朝东北边的战场。远征的将士们驻扎在边塞东北，不断回首眺望家乡。

“边庭飘飖那可度，绝域苍茫更何有。”家乡和边塞战场距离遥远，哪有那么容易来回，苍茫的边陲更是荒凉无比。

“杀气三时作阵云，寒声一夜传刁斗。相看白刃血纷纷，死节从来岂顾勋。”刁斗是军中分粮食兼顾煮饭的铜器，刚好可以容纳一斗米，同时也可以作为巡夜报时敲打的器物。腾腾杀气凝聚成战场上的乌云，一夜之间寒风呜咽，传遍了刁斗打更的声音。白刃相见，浴血奋战，舍生忘死报效国家，又怎么能够还想着功勋?

“君不见沙场征战苦，至今犹忆李将军。”你可曾看到沙场征战，何其艰苦?现在还追忆着骁勇善战的李将军——也就是大名鼎鼎的李广。李广当年镇守边关，匈奴士兵们都害怕他，不敢南侵。

从开篇渲染将领的骄横跋扈、大意轻敌，到战事紧张，果然被围困，再到辛辣批评牺牲了一半唐王朝的士兵，将领罪责深重，高适对战死沙场为国捐躯的士兵们寄予无限的同情，对那些牺牲了丈夫的妻子们更是充满悲悯。

高适在这首诗中表达了批评意见。他对当时唐王朝的将领志大才疏，好战求勋，为了个人私利贪功冒进，导致大量士兵白白送命，更是牺牲了成千上万的小家庭，让无数妇女变成寡妇。这是极为严厉的批评，更是深沉的反思。

末尾对汉代“飞将军”李广的怀念和神往，就是正面质疑唐朝将领的昏聩无能，同时也是对能打胜仗的大将军的呼唤。

诗歌除了抒情，表达个人的志向，同样还是犀利的批判武器。高适以他的这篇诗作，化为一根锋利的飞箭，直接射向靶心——唐王朝的用人不慎，警示君王应当辨识人才，洞察弊端，知人善用。

10

王维：生活美学的千年代言人

山居秋暝　王维

空山新雨后，
天气晚来秋。
明月松间照，
清泉石上流。
竹喧归浣女，
莲动下渔舟。
随意春芳歇，
王孙自可留。

欣赏王维的诗，其实就是欣赏他的人。这个人诗画双绝，过得艺术又雅致，堪称是生活美学的千年代言人。

今时今日的我们不必遮掩，王维能够有如此高品位，以自己喜欢的方式来生活，是有底气的。除了仰仗自身的才华，他的际遇也很幸运。王维是山西人，他的父亲是汾州司马。年少时候，王维就闻名于京华。当时的长安城内，他的诗，他最美的那一批诗，反反复复写了山水与田园。创作的地点大多就在他的辋川别墅。人到中年的王维，从宋之问那儿买来了辋川别墅，再加以扩建装修。据说在如今的遗址，还有王维种的一棵银杏。

辋川别墅又在哪？在终南山。终南山距离长安不远，就在陕西省西安南郊，是秦岭山脉的一段，西起陕西武功，东至陕西蓝田。

我曾去秦岭游玩过，去了山中深处，顺着现代人工开凿的栈道，一直走了好几公里，才走到尽头，眼前是完完全全的天然风景，鲜少有人抵达过。水雾缭绕，阳光透过，显出一道道光柱。透明澄澈的清泉在青黛色的山石之间流淌，水声极为悦耳，四周一片寂静，空气格外清新。身处其中，宛如仙境。我在山间捡到了很多松果，还有青皮的核桃。

所以我才说，王维太会享受生活，他是按照美学的标准在生活。或者说，他示范了中国式的生活美学。当时的长安是世界级的繁华大都市，王维在朝中为官，有宅子。大部分时候吃斋念佛，就住在长安城。但他同时又在城郊有别墅，当他赋闲，或者有假期的时候，就去辋川别墅小住一段时间。

大都会的热闹，十万红尘，和山中的幽静，他兼得了。在王维自己写的《终南别业》里，他写道：

中岁颇好道，
晚家南山陲。
兴来每独往，
胜事空自知。
行到水穷处，
坐看云起时。
偶然值林叟，
谈笑无还期。

王维还跟志趣相投的裴迪一起出了本诗集，叫《辋川集》。其中收录了《临湖亭》，两个人围绕一个主题唱和写诗。

王维写的是：

『轻舸迎上客，
悠悠湖上来。
当轩对尊酒，
四面芙蓉开。』

裴迪唱和的是："当轩弥滉漾，孤月正裴回。谷口猿声发，风传入户来。"

如果哪位尊贵的嘉宾要到王维的别墅做客，是要先坐船的。可见其环境之好。摇起小舟，过了湖才是王维的屋子。其中有个临湖的亭子，轩堂四面敞亮的，可以看见芙蓉花开着。此时此地，主人跟朋友一道喝酒聊天，可见他多会享受。

滉漾就是水面上碧波荡漾的样子，山谷口还有猿声，一起随风入户，反衬得极为清幽。

回过头来，我们再逐句看《山居秋暝》，那真的是顶级的雅致。秋暝也就是秋日的黄昏，介乎于白昼和夜晚之间。

“空山新雨后”，山上气候跟陆地不一样，山中多雨，变幻不定，人好晴朗天，忽而就落雨。因此才有新旧之别。空山并不是说山里空荡荡，秋天虽然来得晚了点，但毕竟炎夏过去，一场秋雨一场凉，呼吸的是清爽空气，所见的景物，经过雨水洗涤，又是在黄昏时刻，更加显得意境深邃。明月才升起没多久，正在松树间照着，清透的泉水在石头上流淌。月光是温柔的白，流水波光粼粼，黑白分明，青翠浓黛。

然而，就是在这么冷寂宁静的氛围里，却传来灵动的声音。原来是“竹喧归浣女，莲动下渔舟”。如果沿着前四句的情绪回味下去，势必要走向孤寂伤感，乃至黯然落寞。但是这一切都被回家的浣女打破了，竹林里传来她们的谈笑闲聊。晚归的渔舟，载着渔夫顺流穿梭而下，令两边的莲花莲叶，晃动起来。由始至终，只闻其声，不见其人之面貌。这就叫“不写之写”。当劳作结束，再辛苦的人，也迎来了一天之中最放松平静的时刻。

他们相对于王维，恰恰构成了互补的整体。他们忙碌、奔波，为了衣食而动，但到了昼夜交替时分，也该回家歇息了，逐渐走向平静。

而王维呢，却是不需要体力劳作的士大夫，他避开朝廷，远离京城，就是为了谋求僻静冷清。对于王维来说，恰好吻合了“静极思动”。

于是群山不寂寞，王维不寂寞。他的山居岁月，顿时圆融自然起来，走向了哀而不伤。于是王维叹息起来，他感叹的是：“随意春芳歇，王孙自可留。”

《楚辞》里有一篇《招隐士》：“王孙游兮不归，春草生兮萋萋。”王孙不归，春草萋萋，这是冷落寂寥的意思。春意盎然，芳草萋萋，但无人欣赏。王维拿来翻新，表达了更上一层的意思。春芳寥落又有何妨，这山居秋暝，自有更加动人之处，风物上佳，值得留下来。

何谓诗意？这就是。诗意就是这么诞生的。生命的启示与领悟，不是强行赋予的，不是勉强出来的，而是从这样的生活里，自然而然地朝花夕拾，拈花在手指间，会心一笑得来的。

这也不是王维唯一提到“王孙”的诗，他在《山中送别》也写到过：“春草明年绿，王孙归不归。”他在冠盖云集的长安，上朝下朝都要跟无数王孙贵族打交道。

在京城的家中，王维中年后就无心政务，专心修佛参禅，逐年减少寻欢作乐的饮宴社交。但他其实又不算彻底的隐居。他的辋川别墅，时而有贵客嘉宾来访。

王维约生于武则天时代的公元701年，在唐玄宗时代的开元九年中进士。那年是公元721年，王维20岁。当了太乐丞，这是个管礼乐的官，在当时实属小官，刚刚起步，大好前程在未来。然而没几个月，他就被贬了。

薛用弱《集异记》里面记载:“及为太乐丞,为伶人舞黄狮子,坐出官。”因为王维的手下伶人私自舞黄狮子,他被处罚了。按规矩,舞黄狮子这种表演只有皇帝才有资格观赏。

14年后,在张九龄的提携下,王维当上了右拾遗;隔了一年,再调任监察御史。基本上就是这段时间,王维的心思就转移到了他的辋川别墅了。他的年纪已经36岁往上走了,进入了下半场。王维一生享年60岁,他的前半生,可谓骤然转身。人的性情决定了命运。他没有兴趣在政治上谋求更高的成就。一次官场蹉跎,就足以令他深刻感受到人生的无常。

他还有一首《辋川闲居赠裴秀才迪》,还是那位和他常相伴的好朋友裴迪。

『寒山转苍翠,
秋水日潺湲。
倚杖柴门外,
临风听暮蝉。
渡头余落日,
墟里上孤烟。
复值接舆醉,
狂歌五柳前。』

这诗的本身,一如既往,像他写的其他诗一样清幽而美。倚杖柴门外,风中听着暮蝉,看起来格外低沉。但末尾泄露天机。接舆是春秋时楚国特别有名的隐士,姓陆,名通,字接舆。假装疯疯癫癫的,不去当官，就喜欢随性而为。王维把裴迪比喻成接舆，非常准确，他把自己比成陶渊明。

陶渊明号五柳先生，这个人在文学史上极为特殊，不愿意为做官而折腰，于是辞官而去。

王维拿陶渊明比喻自己，简直是毫不遮掩自己的心胸志量。他就跟陶渊明一样，都是在装隐士。因为嫌弃官场污浊，厌恶政局不堪，干脆修佛去，到山里住着，享受生活。只不过陶渊明是彻底跟对头不相容，而王维半官半隐，尽可能平衡自己的生活与工作，平衡自己的内心与外界。

他的起心动念是一回事，实际上的行为又是另外一回事，这就是人的立体丰富。因为他渐渐地爱上了山水之间的闲适惬意。这才是符合人性的。大自然的美，是包容的。无数挫败沮丧的心，都在其中得到慰藉。而王维在长安的生活，平时就很素朴，茶铛、药臼、经案与绳床。他有条件奢华，但他的审美决定了他的雅趣，他不会喜欢那些花里胡哨的事物。禅学熏陶了他，令他越来越趋向这种讲究精神享受的生活。

好比鲁迅在猛烈抨击丑恶批判社会之外，日常生活也很认真去享受自己的人生。他一样吃西瓜，吃零食，看闲书，逗孩子玩，游览当地的风景。

王维在安史之乱后，被迫担任叛军的伪职。安史之乱平定后，王维被追究责任，下狱审判。但他兄弟的求情，以及考虑到他写下了《凝碧池》，皇帝原谅了王维。诗里写道：“万户伤心生野烟，百官何日更朝天。秋槐叶落空宫里，凝碧池头奏管弦。”在当时安禄山淫威逼迫之下，心里怀着悲怆的不屈。

王维不是那种一头撞死的忠憨臣子，也不是匹夫之勇的莽汉，他是柔弱的书生，也是不屈的士大夫。表面文弱，内在倔强，贡献了优美清雅的诗句。他的诗句是中华文化当中最美好的那一部分。

在他心中，风雅与坚守并存。世道走不通时，他选了另外一条路。个人的遭遇和生活，帝王将相和宫阙万间，都会化成历史的尘烟，但他们各有各的使命，尤其是文学和诗有更高的使命，它负责承载道义，让人们心中的光明与美好，更好地流传下去。

11

李白：站在巨人肩膀上的又一位文学巨匠

李白的诗，看起来流畅易懂，特别天才，以至于太多人觉得他全靠天赋灵感。其实，李白也不是天才，他也大量用典，大量化用，旁征博引，知识面特别广。他的写作，靠的也是手不释卷，博览群书。只不过，他做到了如盐入水化于无形的程度，瞒过了很多粗心的读者。

就拿鲍照的《拟行路难》（其六）来举个例子。他在诗里写了“对案不能食，拔剑击柱长叹息”，后世的李白《行路难》三首（其一）里直接就化用写了“停杯投箸不能食，拔剑四顾心茫然”。

如果要写一个人心有不平，情绪憋着，有待于发泄，就可以用到“拔剑”这个意象。鲍照表达叹息抑郁苦闷，他针对的是自己被罢官，不得重用。

李白则用来表达环顾四周的茫然，特别巧妙，同时也蕴藏了自己怀才不遇的小心思。

鲍照说“自古圣贤尽贫贱，何况我辈孤且直”，李白的《将进酒》就写了“古来圣贤皆寂寞，惟有饮者留其名”。

因为圣贤都面临着不被人理解的寂寞，都有贫贱匮乏的烦恼，何况是普通人呢?

李白的《行路难》写道：“金樽清酒斗十千，玉盘珍羞直万钱。”

“美酒斗十千”这个意象，三国时的《名都篇》里就有。作者是曹魏的大才子——大名鼎鼎的曹植。曹植作为曹操的公子，以才高八斗著称，他写的是：“归来宴平乐，美酒斗十千。”

化了一次不够，《将进酒》里再来一次：“陈王昔时宴平乐，斗酒十千恣欢谑。”陈王指陈思王曹植。

看得出来，李白这个大才子，对前辈大才子，非常倾慕。这首诗很有点致敬偶像的味道。

一般诗人的化用，来源是典故，是别人的诗句，李白则更上一层楼。

《世说新语·容止》有一则逸闻：“裴令公有俊容仪，脱冠冕，粗服乱头皆好，时人以为玉人，见者曰：‘见裴叔则，如玉山上行，光映照人。’”

李白的《赠裴十四》写道：“朝见裴叔则，朗如行玉山。”信手拈来就变成了诗句。

《宋书·隐逸传》中有个陶渊明的故事。“(陶)潜不解音声，而畜素琴一张，无弦，每有酒适，辄抚弄以寄其意。贵贱造之者，有酒辄设。潜若先醉，使语客：我醉欲眠，卿可去。”

到了李白的手里，在《山中与幽人对酌》直接化用为：“我醉欲眠卿且去，明朝有意抱琴来。”

原本是写陶渊明的史书记录，这是连原作者的人带上句子，一起入诗，看起来那么大白话，又那么气韵洒脱。这手法太过高明，看起来不费力气，全然不着痕迹，令人拍案叫绝。

李杜千年并列，可惜历来世人都误解了他们。因为杜甫在《奉赠韦左丞丈二十二韵》说自己：“甫昔少年日，早充观国宾。读书破万卷，下笔如有神。”所以大家都觉得杜甫是靠的勤奋用功，李白靠的是天赐文才。

其实李白自己也坦然交代过，在《上安州裴长史书》这篇文章中介绍自己的读书情况：“五岁诵六甲，十岁观百家，轩辕以来，颇得闻矣，常横经籍书，制作不倦，迄于今三十春矣。”

六甲也就是汉唐时期的儿童启蒙识字教育，“甲乙丙丁……”“子丑寅卯……”天干地支搭配来标记年月，六十年为一甲子。李白这是在说自己五岁就识字颇多，开窍早。十岁就阅览诸子百家，长年累月热爱读书，孜孜不倦。

李白在《赠张相镐》里还夸赞自己“十五观奇书，作赋凌相如”，直接看齐大名鼎鼎的司马相如。司马相如是西汉的辞赋大家，名闻天下。李白觉得自己的辞赋写得比他还好。

至于杜甫呢，也是毫不谦虚的，还是在《奉赠韦左丞丈二十二韵》说的："赋料扬雄敌，诗看子建亲。"意思是我的辞赋能与扬雄一决高下，我的诗作能跟曹植媲美。

扬雄也是西汉的一代辞赋大家，曹植就不用多说了，才子中的才子，才高八斗就是说的他。

哪有什么天生才子写得好，想要写得"感天动神"，写到"笔落惊风雨，诗成泣鬼神"的境界，还是要先去多读书，多多益善。唯有站在一代代名家高手的肩膀上，学好他们的本事，用好他们的文学遗产，才能有自己的新鲜花样。读得多，写得好，当然有资格狂傲。

文学之道，勤奋用功，多读多写，是永远的王道。

12

李白：什么繁华，都是骗人的

从青年到中年，从江湖之远到宫廷侍奉，李白经历了踌躇满志到幻灭。《蜀道难》《梦游天姥吟留别》《将进酒》，恰是他这一阶段的一唱三叹。

但见悲鸟号古木，雄飞雌从绕林间。
又闻子规啼夜月，愁空山。
蜀道之难，难于上青天，使人听此凋朱颜！
连峰去天不盈尺，枯松倒挂倚绝壁。
飞湍瀑流争喧豗，砯崖转石万壑雷。
其险也如此，嗟尔远道之人胡为乎来哉！
剑阁峥嵘而崔嵬，一夫当关，万夫莫开。
所守或匪亲，化为狼与豺。
朝避猛虎，夕避长蛇；磨牙吮血，杀人如麻。
锦城虽云乐，不如早还家。
蜀道之难，难于上青天，侧身西望长咨嗟！

《蜀道难》：名满天下的起点

蜀道难　李白

噫吁嚱，危乎高哉！蜀道之难，难于上青天！
蚕丛及鱼凫，开国何茫然！
尔来四万八千岁，不与秦塞通人烟。
西当太白有鸟道，可以横绝峨眉巅。
地崩山摧壮士死，然后天梯石栈相钩连。
上有六龙回日之高标，下有冲波逆折之回川。
黄鹤之飞尚不得过，猿猱欲度愁攀援。
青泥何盘盘，百步九折萦岩峦。
扪参历井仰胁息，以手抚膺坐长叹。
问君西游何时还？畏途巉岩不可攀。

对于唐代的诗人来说，想要成就一番大事业，主要是两条路：一条是考科举，一条是出大名。因为唐朝的科举制度并不局限于书面考试。

唐朝的科举分为常科与制科两类。常科每年举行，有几十种科目；制科是皇帝临时下诏搞的考试。先考贡举，再通过吏部的选拔考试，才能获得官职。总的说来考进士就成了当时读书人最大的上升渠道。

第二条路，跟当时的大文豪、文坛首领套近乎，结识他们，厮混得熟悉了，出大名会非常顺利。

朝廷开考的时候，主考官往往就是那些文坛首领著名文人。有时候甚至出现还没考试名次就定了的情况。所以向当朝的文人大官献诗，毛遂自荐求赏识，求培养引路，就变成了一套公开的游戏规则。

我们的诗仙李白也不例外。带着自己的得意之作，还有满腹的才华，到处拜会各位名家高官。

李白那首著名的《上李邕》，就是当时拜访渝州刺史李邕，却玩砸了戏码的结果。

『大鹏一日同风起，
扶摇直上九万里。
假令风歇时下来，
犹能簸却沧溟水。
世人见我恒殊调，
闻余大言皆冷笑。
宣父犹能畏后生，
丈夫未可轻年少。』

据说见面的时候，李白高谈阔论，拼命表现自己，让李邕特别反感。李邕这个人本来就很自负傲慢，瞧不起年轻人。可想而知，李白受到了打击，就写了这篇。翻译成白话意思就是，世上的人看到我高调又特立独行，听到我讲的大话，都发出冷笑。要知道后生可畏，别瞧不起年轻人。总有一天我会像大鹏鸟一样乘风而起，“扶摇直上九万里”。

李白的豪言壮语后来兑现了。他终于见到了最大的领导——唐玄宗李隆基。还给杨贵妃写诗，让高力士磨墨。

但是在不被赏识民间游荡和进入宫廷得见皇帝这两者之间，他是怎么出大名的呢?

当时的长安城是首都，群贤毕至，人才济济。李白就是凭借《蜀道难》，征服了当时的大文豪贺知章。

李白谒见贺知章，还约了饭。大名鼎鼎的贺知章翻阅李白的诗稿，读到了《蜀道难》和《乌栖曲》，惊为天人，对李白的这首诗赞叹不已，称他为谪仙。千年来最为璀璨的一颗巨星，在大唐诗坛横空出世。在李白自己写的《对酒忆贺监二首》的序里回忆说：“太子宾客贺公，于长安紫极宫一见余，呼余为‘谪仙人’，因解金龟，换酒为乐。”

贺知章招待小年轻李白喝酒，他们一老一少相谈甚欢，到结账时候，贺知章才发现自己忘了带钱，就解下身上带的小金龟付账。这样的佳话，自然就传开了。从此“谪仙”这个顶级赞美词，跟随李白一生。

再说回这首诗本身。“噫吁嚱”是语气助词，开篇类似于我们现在的感叹，唉哟喂，多么险峻多么高。蜀道太难爬了，简直比登上青天还难。当年的蚕丛及鱼凫，这两位古蜀国的国王，建立了蜀国。年代久远，开国的时间已经令人茫然。

大约是四万八千年吧！秦蜀两地，被秦岭阻挡不通。西边的太白山只有飞鸟的道路，可以横越峨眉山巅。寓意山道极为险峻，没有人可走的路。山崩地裂，死了众多凿山开路的壮士，才把山路和栈道相互钩连起来。

六龙回日是个神话传说，《淮南子》里记载："日乘车，驾以六龙。羲和御之。"也就是指，往上看，太阳神羲和驾驭着六条龙，遇到了蜀山的标志性的高峰，也只能返回。往下看，乱石穿空惊涛拍岸，有着激浪排空蜿蜒曲折的河流。

这么惊险的地方，就算是能飞行翱翔的黄鹤也飞不过去，最擅长攀援的猿猴也发愁爬不过去。

欣赏这首诗的时候，有一点一定要指出来。我们现代人因为仰仗了科技文明的发达，靠缆车索道，轻轻松松登上山顶。缺乏那种依靠两只脚爬山的刻骨铭心。我去过华山、黄山、武当山等名山，亲身踩在险峻的台阶上，望着陡峭的山壁，心中充满了畏惧，一整天攀爬下来，两条腿仿佛不是自己的，不停打战。何况古人根本就没有起保护作用的护栏台阶。

回过头来读李白这首诗，才会更加感受真切。李白写的一点也不夸张。

参、井是二星宿名。古人占星卜卦以测吉凶，把星宿对应人间的州国，叫作“分野”。参星为蜀之分野，井星为秦之分野。扪就是用手摸着，历指经过。胁息是指屏住呼吸。“扪参历井仰胁息，以手抚膺坐长叹”，意思是，仰头屏住呼吸就能触摸到参星井星，让人惊魂难定，摸着胸口长长叹气。

李白写过另外一首诗：

『危楼高百尺，
手可摘星辰。
不敢高声语，
恐惊天上人。』

这首诗表达的是同样的含义。从中我们也可以观察到一个人的写作习惯，思维模式。同样的表达，在不同时期的不同作品里都出现过。

“问君西游何时还？畏途巉岩不可攀。”这句暗示出这首诗的主题之一，赠友。李白送朋友王炎到西蜀，他担心王炎的前程处境。西去蜀地什么时候回来？这悬崖峭壁实在难以攀登。

“但见悲鸟号古木，雄飞雌从绕林间。”只看见鸟儿在古树中悲号，雌雄相随绕着树林翻飞。

“又闻子规啼夜月，愁空山。”又听见杜鹃鸟月夜啼哭，在空山回响着声音，忧愁不尽。这声音，这画面，都令人毛骨悚然，“使人听此凋朱颜”——让人听了容颜愁苦，憔悴凋败。

“连峰去天不盈尺，枯松倒挂倚绝壁。飞湍瀑流争喧豗，砯崖转石万壑雷。”这四句转向写山峰距离天空不到一尺，松树倒挂在绝壁上，瀑布飞流，撞击着山崖沟壑，发出雷鸣响动。

“剑阁峥嵘而崔嵬，一夫当关，万夫莫开。”剑阁所在的崇山峻岭，巍峨而高耸入云，只要一个人把守，千军万马都难以攻破。

古代文人寄情山水，描写自然风貌，是体现在真实经历感受的基础上的。然后再加一点神话想象的成分。有的洞穴通道口，只能容纳一个成年人出入，人要是在外面掉下去，只能粉身碎骨。的的确确就是一夫当关，万夫莫开。

“所守或匪亲，化为狼与豺。”驻守的官兵假如不是可以信赖的人，那就会变身为豺狼。豺狼虎豹是要吃人的。

这末尾的时候，李白突然文笔一转，开始劝他的朋友：“锦城虽云乐，不如早还家。”

历来，有人不理解，明明写着山道险峻，赠送给朋友的诗，忽然流露出对川蜀局势的社会评价情感倾向。其实，这就是创作最为正常的思路转换，由表及里。从外在的蜀道难，落实到内心的艰难。

《蜀道难》是一个古乐府诗题。读书人实现理想抱负的道路，就是一条登天之路。这条路充满了险恶的猛虎长蛇，有怀才不遇的艰难险阻，有官场的肮脏逼迫陷害，有君心不定荣宠更替的圣意难测，有战乱纷争的危机四伏。

西蜀地势险峻，人事复杂，李白当然为他的友人忧心忡忡。或多或少，也是一种自我心理的投射：自己的人生之路，何尝不是艰难险阻？

李白虽然刚刚出道，但他从小博览群书，勤奋苦读，人也聪慧，精通经史诗文，杂学旁收，儒道双修。他内心深处对过去的历史，是有一个基本的认识的。

好在，没有什么能够阻挡一个年轻人的奋力前进。

不管是难于上青天的蜀道，还是比蜀道还难的人间路，都要闯一番。大诗人李白，因为自己的旷世才华，因为贺知章的力捧，就此走向历史的天空。

他的命运，才刚刚拉开序幕。

熊咆龙吟殷岩泉，栗深林兮惊层巅。
云青青兮欲雨，水澹澹兮生烟。
列缺霹雳，丘峦崩摧。洞天石扉，訇然中开。
青冥浩荡不见底，日月照耀金银台。
霓为衣兮风为马，云之君兮纷纷而来下。
虎鼓瑟兮鸾回车，仙之人兮列如麻。
忽魂悸以魄动，恍惊起而长嗟。
惟觉时之枕席，失向来之烟霞。
世间行乐亦如此，古来万事东流水。
别君去时何时还？
且放白鹿青崖间。须行即骑访名山。
安能摧眉折腰事权贵，使我不得开心颜！

《梦游天姥吟留别》：神仙的境界

梦游天姥吟留别　李白

海客谈瀛洲，烟涛微茫信难求；
越人语天姥，云霞明灭或可睹。
天姥连天向天横，势拔五岳掩赤城。
天台四万八千丈，对此欲倒东南倾。
我欲因之梦吴越，一夜飞度镜湖月。
湖月照我影，送我至剡溪。
谢公宿处今尚在，渌水荡漾清猿啼。
脚著谢公屐，身登青云梯。
半壁见海日，空中闻天鸡。
千岩万转路不定，迷花倚石忽已暝。

写这首诗的时候，唐玄宗、杨贵妃、高力士等人，已经变成了李白的回忆。

唐玄宗天宝元年，也就是公元742年，道士吴筠跟唐玄宗说，我有一个朋友李白，他写的诗天下点赞。

就这样，唐玄宗宣召李白到长安。李白本来踌躇满志，兴致勃勃进京，打算大展宏图，但他太天真了。这时候的唐玄宗，已经不年轻了，励精图治几十年，从公元713年到公元741年之间，把大唐治理得蒸蒸日上，史称开元盛世。

快要抵达花甲之年的唐玄宗，觉得可以松一口气，享受享受帝王生活。和“回眸一笑百媚生，六宫粉黛无颜色”的绝世大美人杨贵妃，一同沉迷于爱情的甜蜜。作为文艺界的老祖宗之一，唐玄宗擅于音律，是梨园戏曲的鼻祖。有音乐，有美女，又是当时世界上最强大的唐朝的帝王，唐玄宗压根没指望李白起什么惊天动地的政治辅助作用。

在京城长安待了一年多，李白一直处于黯然尴尬的位置，扮演的是一个帮闲文人的角色。如此投闲置散，写些赞美贵妃的诗歌《清平调》，完全没有实权要职，哪里还能实现辅助明君的治国理想?

李白再也待不下去了，被唐玄宗李隆基赐金放还。又恢复了浪荡自由的布衣之身。

皇帝的放弃，对李白来说，是巨大的打击。

李白离开长安后，先到洛阳与杜甫相会，结下友谊。随后又同游梁、宋故地，这时高适也赶来相会，三人一同往山东游览，到兖州不久，杜甫西入长安，李白南下会稽（绍兴）。这首诗，就写在出行之前。

跟凡尘中的当官一比，他那修道的心就抬头了。

既然人间不能当大官，就移情到山水上，希望能够飞仙，超脱俗世。于是，他就有了这样的一场好梦。

“海客谈瀛洲，烟涛微茫信难求”，瀛洲仙山，多少人向往的成仙目的地。

“越人语天姥，云霞明灭或可睹。”越人说起天姥山，间或能看到云霞忽明忽暗。

“天姥连天向天横，势拔五岳掩赤城。天台四万八千丈，对此欲倒东南倾。”

天姥山高得仿佛与天相连，横亘于天上，超过了五岳，掩盖了赤城。传说中天台山有四万八千丈，在天姥山面前，也似乎要向东南倾倒，如同拜倒一样。这个“四万八千”的数字，李白又用了一次。

“我欲因之梦吴越，一夜飞度镜湖月。湖月照我影，送我至剡溪。”

我想去吴越旅游，于是就梦到了游吴越之地（也就是他要旅行前往的目的地绍兴）。在梦中，一夜就飞渡了明月映照的镜湖。

镜湖的月光照着我的影子，一直把我送到了剡溪。这里用了拟人手法，月亮仿佛一路陪伴送他到了目的地。

“谢公宿处今尚在，渌水荡漾清猿啼。”谢灵运住的地方现在还在，清澈的泉水在剡溪中荡漾，猿猴们发出叫声。

我脚穿谢灵运发明的那种登山木鞋，攀登山路，仿佛登上青天的云梯。登上半山腰，就看到了海上升起太阳，在半空中，还听见了天鸡的叫声。这段写景，强调了仙境一般的气息。

“千岩万转路不定，迷花倚石忽已暝。熊咆龙吟殷岩泉，栗深林兮惊层巅。”

山路崎岖转弯，方向不定，被鲜花迷住，倚靠着石头欣赏，不知不觉天色黑了。熊在咆哮龙在吟，岩中的泉水在震响，深林颤抖，山峰惊动。云黑沉沉的快要下雨了，水波荡漾生起了雾气。电闪雷鸣，山峰像要崩塌似的。仙府的石门，轰隆作响从中打开。

“青冥浩荡不见底，日月照耀金银台。霓为衣兮风为马，云之君兮纷纷而来下。虎鼓瑟兮鸾回车，仙之人兮列如麻。”

天色昏暗看不见洞底，日月照耀着金银做的宫阙。霓虹做了衣裳，风作为马，云中的神仙们纷纷飘下来。老虎弹琴，鸾鸟驾车。仙人们排成列，密密麻麻。我忽然惊魂动魄，恍惚之间惊醒，起来长长地叹息。醒来时只有身边的枕席，之前梦中所见的烟云彩霞全都消失了。

“世间行乐亦如此，古来万事东流水。”

这人世间快乐，是如此容易消逝，自古以来，万事都如同流水一般，朝着东边流去，一去不回。

“别君去时何时还？且放白鹿青崖间。须行即骑访名山。安能摧眉折腰事权贵，使我不得开心颜！”

到了此时此刻，梦已经醒了，我李白，也要跟大家告别了。暂且把白鹿放牧在青色的山崖之间，等我要游览之时，再骑上它去探访名川大山吧。

我怎么能卑躬屈膝去侍奉权贵呢，使我自己不能开心快活！

需要说明的是，《梦游天姥吟留别》中的“吟”，是一种诗歌体裁。“歌”“行”“吟”，都是古代古体诗中的乐府旧题。所以诗歌标题的正确标点读法是《梦游天姥吟·留别》，与之类似的有高适的《赋得还山吟·送沈四山人》。

济世的理想，其实匹配的是忍耐折磨。实际上的行政执政，往往是调停平衡，考虑多方利益，在斗争中达成妥协，尽可能实现目的。很多时候，想法很好，却施行不了。朝廷弊端人人看得到，但是积重难返。抵达了全盛的唐朝，开始走下坡路，内忧外患，矛盾激发，蠢蠢欲动。历史规律不由人，当然也不会偏向李白。

李白不肯“摧眉折腰事权贵”，这样的态度，根本就做不了实事。他要自己舒心舒服，追求个性，这在庞大的官僚体系下，完全是缘木求鱼。权力讲究上传下达，等级秩序，李白当然不开心。

“霓为衣兮风为马，云之君兮纷纷而来下。虎鼓瑟兮鸾回车，仙之人兮列如麻。”这几句特别有屈原的《离骚》风范，也充分证明了，文人的性格是非常一致的。自我强烈，个人情感丰沛，不能忍受管辖和束缚，自由散漫。

但是李白和屈原又有不同。屈原是一条路走到底，举世皆浊我独清，彻底陷入悲情。李白没那么极端，他还有朋友，还有酒，还有穿越神州大地的旅行。

李白跟朋友一起游山玩水，探访名胜古迹，一路谈论国家大事和文学诗歌，一边喝酒作乐，没有放弃他的社交生活。而且，他还非常浪漫地做梦，梦到了山间神仙。

“忽魂悸以魄动，恍惊起而长嗟。惟觉时之枕席，失向来之烟霞。”从仙境梦中惊醒，当然会觉得散漫茫然，恍恍惚惚。这个时候，李白的脾气和潇洒个性，就冒出来了。清醒以后，他选择看开些，“世间行乐亦如此，古来万事东流水”。

这正是道家的处世原则。

人始终要有一个精神寄托。对于此时此刻的李白来说，道家的学说和修仙梦想，支撑了他的信念。人间不得意，还有世外仙山呢！骑着白鹿，造访名山大川，也很逍遥。本质上这就是中国文人给自己留的一扇后门。前门通往飞黄腾达，实现抱负；后门通往隐士、寄情山水、修道学佛等等。人生除了做官，还有别的乐趣。

这也是李白的魅力之所在。我们跟着他，一起梦游了一番，飞渡了月光倒映的湖面，爬过了崇山峻岭，看见了海上日出，听到了天上鸡鸣，见过了神仙。

李唐时代，因为老子姓李名耳，所以特别推崇这位道家思想的老祖宗。道教与道家思想在唐代特别风行，李白就是其中的信徒之一。

当年推崇李白为谪仙的贺知章，也是个晚年修道的爱好者。所以贺知章才把李白比喻成太白星下凡，说李白是谪仙。谪就是降职下调的意思，谪仙，就是神仙被贬下凡。

李白作为一个非常虔诚的道家修行者，跟道士交往特别深，自己也学了炼丹吐纳，去道观里拜师学道。他在《将进酒》里写到的丹丘生，也就是元丹丘，也是个道教徒。

道家以炼气修仙为目标，李白在这个文化爱好的基础上，写作的时候，遣词造句，意象的营造，才那么仙气飘飘，老是提到神仙洞府。

一个诗人的创作，始终离不开他的文化背景和偏好，被他所处的时代所影响，从而构成他的命运。

他越是向往这种自由自在的神仙境界，就越是痛恨世俗的卑躬屈膝。

烹羊宰牛且为乐，会须一饮三百杯。
岑夫子，丹丘生，将进酒，杯莫停。
与君歌一曲，请君为我倾耳听。
钟鼓馔玉不足贵，但愿长醉不复醒。
古来圣贤皆寂寞，惟有饮者留其名。
陈王昔时宴平乐，斗酒十千恣欢谑。
主人何为言少钱，径须沽取对君酌。
五花马，千金裘，呼儿将出换美酒，
与尔同销万古愁。

《将进酒》：万古的寂寞

将进酒　李白

君不见黄河之水天上来，
奔流到海不复回。
君不见高堂明镜悲白发，
朝如青丝暮成雪。
人生得意须尽欢，莫使金樽空对月。
天生我材必有用，千金散尽还复来。

借酒消愁这件事，无数诗人文人做过。李白把这件事做到了极致。

李白离开京城后，周游梁、宋，还跟友人岑勋、元丹丘碰头过。这一时期，李白牢骚不断，写了不少诗篇，其中这首《将进酒》，把千古的寂寞，彻底写了个透，可谓登峰造极。

你难道没看见吗？那黄河之水，从天上而来，一路奔流到海再也不回来。

你难道没看见吗？人在高堂上看着明亮的镜子，悲叹年华老去，早晨的青丝，晚上就如同白雪了。

这样的写作手法，叫先声夺人。最强的高音，最核心的主题，开篇就倾泻而出，铺天盖地，令读者无处可逃，只能跟着他的情绪走。

因为这世界上，没人能逃得过时间的摧枯拉朽。就像黄河之水一样，天上来的，又归于海。该说的话，该叹的气，该唱的歌，毫无保留。

《将进酒》也是汉乐府旧题，这一类诗歌的内容，就宴饮游乐咏叹抒情。李白这顿酒，喝的不是酒，是万古的寂寞。

西方文化里有个主题叫“酒神精神”，形容狂欢无惧，走向内心世界的深处。平时端庄严肃，但喝醉后，人就失控了，所有情绪爆发，一发不可收拾。在这自由散漫洪水泛滥的精神境界里，涌现出艺术化的诗意。

说得再直白一点，就是大醉，但尚未醉倒。这一状态下，人还有思绪灵魂，勇猛壮胆，什么都敢于表现出来。这是悲剧的无上魅力，是终结之前的回光返照，是衰老之前的青春焕发，是瘫成烂泥呕吐不堪之前的灵台清明，暂时快活忘忧。

人有表达真我尽情宣泄的心理需求。这样的心理需求，甚至高于生死。所谓“士为知己者死”，所谓“朝闻道，夕死可矣”，都是在强调真我的被理解，真理的被聆听，真心的被共鸣。

李白这首诗，不用逐字逐句分析，只需要大声朗诵。字面词句特别通俗易懂，一看就明白。

落寞的大诗人李白，这一刻觉得自己就是陈王曹植，才高八斗，却屈居曹丕之下，一生抑郁。曹丕在位的时候，曹植必然不得志：曹丕对他警惕防范，生怕抢夺了自己的皇位。等到曹丕病逝，曹叡继位，曹植还不死心，不停上书求重用，精明的曹叡当然延续父亲曹丕的精神，高度警惕这个名气巨大、才华巨高的叔叔。虽然他不断表扬嘉许曹植，欣赏曹植的作品，但就是不给曹植施展能力的舞台。

很冤很委屈，但却无可奈何。提这个陈王，不就是觉得自己也一样倒霉么！摊上了唐玄宗这么一个让他投闲置散的皇帝。

主人家你别说没钱了，把我名贵的马、昂贵的裘衣，都拿去换酒。

喝得这样醉醺醺，名声在外，还能担当军国大事委以重任么？这是李白的困境，也是文人的悲剧。因为失意，于是狂歌滥饮，因为狂歌滥饮，越发让掌权者觉得不靠谱，不堪重用，就写点优美的文艺歌曲，给美人涂脂抹粉算了。结果陷入恶性循环。

前面说“天生我材必有用，千金散尽还复来”，这是财务自信。凭他的才华，赚钱算什么。皇帝都赐金呢，多少人给他送钱花。因为他相信自己就是天才，是天选之子。

到了后半部分，李白嚷嚷“古来圣贤皆寂寞，惟有饮者留其名”，这是在自我安慰。

这话当然不是说酒鬼有名，而是有名的人，变成了酒鬼。他自诩圣贤，历来圣贤不被当朝喜欢，都是寂寞的。酒鬼千千万，有名有才华的就那么几个。

因为有这样至情至性的作品诞生，李白得到了世人永恒的宠爱。李白在写诗慰藉自己的时候，倾吐出了慰藉后来无数人的诗篇，才留下了盛名。

这个时候，他还来不及体会晚年真正的心酸。皇帝的轻视，还不算最惨。

当他年老，当他卷入政治纷争，被丢入监狱，世人皆欲杀的时候，他才明白什么是真正的悲惨。

当他故交零落，潦倒奔波和贫困交加，那才是走到了最悲惨的境地。到了那地步，他感叹“赠微所费广，斗水浇长鲸”。朋友们资助的钱，赶不上开销，就像一斗水去浇灌一头庞大的鲸鱼，入不敷出。

那个时候，他已经是：

『我宿五松下，
寂寥无所欢。
田家秋作苦，
邻女夜舂寒。
跪进雕胡饭，
月光明素盘。
令人惭漂母，
三谢不能餐。』

《宿五松山下荀媪家》这首诗为唐肃宗上元二年，也就是公元761年，李白于宣州（今安徽宣城）写的。

淮阴侯韩信曾经年少贫困，也吃过洗衣服老妇人的饭，受过恩惠救济。后来韩信功高封王，回赠千金，报答漂母当年的一饭之恩。

这个故事的真正意蕴，除了感恩，还有成功者的衣锦还乡。而李白，老来落魄，这雕胡饭，他已经无以为报。

寂寥无欢的晚年李白，他惭愧到觉得自己对不起贫寒农家老妇人的菰米饭。他曾经觉得天生我材必有用，金钱如浮云，哪怕不掏钱享用一切朋友的美酒佳肴的招待，都是应该的，他配得上这样的生活。

直到他洗去了狂放，洗去了骄傲，洗去了愤恨，他再也不是那个“五花马，千金裘，呼儿将出换美酒”的人了。他变成了一而再再而三地致谢老妇人，还是咽不下米饭的老男人。

修仙问道，终属无稽之谈，渺茫之事。谪仙的灵魂拖着老朽的皮囊，才子迟暮，惭愧哀伤，真正令人潸然泪下。

写了“令人惭漂母”的第二年，也就是公元762年，李白离开人世。

从金樽对月烹羊宰牛，一饮三百杯，到“跪进雕胡饭”；从“人生得意须尽欢”，到“寂寥无所欢”，站在这样的终点回望，才能体会到早年间，李白的《将进酒》是多么的珍贵难得。

对李白自己来说，那也算是他一生中最美好的日子。

13 李白、杜甫：唐代顶流大咖为何总是不来电

杜甫一生给李白写了十五首诗，李白却只回了两三首。

为什么杜甫赠诗多，而李白回得少？我来给大家破解李白杜甫的感情之谜。

李白年轻的时候，娶了前宰相的孙女。人到中年的时候认识了贺知章，一个谪仙的头衔，堪称江湖最牛的封号。

李白其实是个心里想着匡扶天下却壮志难酬、假装洒脱的人。攀附权贵之家，做上门女婿的滋味如何？聪明人自然知道。他还是选择了倒插门。

时光匆匆，此路未通。李白这样有才，这么心高气傲，也看清楚了，还是要去长安混圈子。只是，去谋求大佬赏识的感觉又如何？茫

茫众生，大唐辉煌，成千上万个全国各地的才子，求着贺知章青睐。放下尊严，奉上诗作，才能入门。虽然大佬贺知章本身足够高风亮节，喜欢提携青年才俊。

之后，李白被贺知章引荐给了唐玄宗。写写美丽的诗歌赞美杨贵妃，被蓄养闲散。

他终于对皇帝和朝廷失望了。没多久，又被李隆基轻飘飘打发走人。这一年，是公元 744 年。

他想建功立业，想参政治国。然则，他的宏图大志如梦幻泡影，如露如电。

那两年，他醉生梦死。之后梦醒了。离开长安，他已经不再年轻。

就是这么巧妙。第二年，他和杜甫碰头了。

这样的李白，跟杜甫的相处，隐隐约约总有一点尴尬。杜甫认认真真地写诗，认认真真地忧国忧民，也认认真真地崇拜李白。

这就像一个失恋的人，遇到了一个崇拜他的朋友。这位比他年轻的朋友，坚定地认为，爱是一种信仰。他比李白还要痴心绝对，一心想着“致君尧舜上，再使风俗淳”。

情何以堪？情何以堪！两个伟大的诗人相遇，携手同行游览山水。然而，当时的李白已经是过来人，杜甫还没来得及看清楚长安的游戏。

他们两个人，刚刚好凑成理想青年和幻灭中年。相逢了一回，一起玩耍，就此别过。杜甫很上心，李白仿佛不走心。

隔年再见，李白写下《戏赠杜甫》：

『饭颗山头逢杜甫，
顶戴笠子日卓午。
借问别来太瘦生，
总为从前作诗苦。』

离开长安三年了，想必他也渐渐心平气和，接受了幻灭。他开杜甫的玩笑，说杜甫那么瘦是因为写诗太辛苦了。难道他自己的前半生就不苦吗?

当然也苦。不过谪仙嘛！种种怨念，发牢骚也要发得潇洒豪迈，文艺清新。做人，尤其是做诗仙，切记，要姿势好看。在后辈粉丝面前，他总得拿捏好自己的前辈身份。

可是这次见面叙旧，一起去齐鲁大地旅游一趟，在送别杜甫的时候，李白终于柔软起来：“飞蓬各自远，且尽手中杯。”

后辈仰望前辈的心情，李白一样也有过，而且还很懂。他曾经那么赤裸裸地告白孟浩然。28 岁的李白，跟 40 岁的孟浩然相识相交的时候，相差 12 岁。李白，差不多也大杜甫 11 岁。

飞蓬是一种秋天到来以后，枯干变轻，风一吹就飘散的植物。咱们还是继续喝酒吧！

然而老李啊老李，这一刻你的感伤太明显，没法刻意隐瞒了。中年人的美德是克制。好了，到此为止。谪仙的偶像包袱还是很重的。

又过了一年，李白写了《沙丘城下寄杜甫》：

『我来竟何事，
高卧沙丘城。
城边有古树，
日夕连秋声。
鲁酒不可醉，
齐歌空复情。
思君若汶水，
浩荡寄南征。』

深沉到凄凉的地步，深情到直白的程度。

杜甫读到这八句的时候是什么心情？这段友情修成的正果，大概可以媲美爱情当中的“我终于得到你的心”。

那些能被我们记住的人名和作品，一个又一个在星河长空中闪耀。凑近去看，其实都充满幻灭的色彩。那些只赢不输的人，怎么写得出眼泪和哀愁的滋味呢？

当李白遇到比自己小 11 岁的杜甫，他仿佛跟那个年少的自己重逢。该说什么呢？能说什么呢？寥落失意中年人，跟后辈青年一起看山看水，从诗词歌赋聊到人生哲学。表面上惺惺相惜，事实是还没有坦诚相对。年长的那一头，只能回应这么多。

直到写出“思君浩荡”，这已经是李白所能回馈的最高规格。

我猜，李白甚至都能看到杜甫将来的命运。诗文再璀璨，君王也不过玩赏玩赏，朝廷更不会重用这样的人。

李白死去的前一年，卷入永王事件遭流放。杜甫惦记着李白，他终于从狂热崇拜，走向了更深的理解。

『不见李生久，
佯狂真可哀。
世人皆欲杀，
吾意独怜才。
敏捷诗千首，
飘零酒一杯。
匡山读书处，
头白好归来。』

哪有什么潇洒，哪有什么谪仙？不过是“佯狂真可哀”。

李白死去，是在公元 762 年。这一年，简直是冥冥中预感到了结局一般，杜甫给李白写了一首总结陈词似的诗——《寄李十二白二十韵》。这首诗高度精练地回顾了李白六十来年的人生，同时高度评价了李白的艺术成就：“笔落惊风雨，诗成泣鬼神。”

他是人才，他是大鹏，他是麒麟。他也是被流放，被捆绑和被轻视的不幸人。是颠沛流离的命运，让他们先后抵达诗的最高境界。

诗的末尾，杜甫还在安慰李白。不久之后，李白就真的到天上去了。

从此以后，杜甫再也没有给李白写诗了。当杜甫知道李白的死讯，他应该体会到，一个人写诗的才华再高，感情再深，也会抵达文字表达的极限，总有一些事，无可言说无可写。

他当然也深深地明白，李白当年写过了“思君若汶水，浩荡寄南征”，为什么会戛然而止，再也不跟他唱和了。杜甫对李白的思念，李白照单全收，再无回音。因为至哀总无声，至情难为继。这就是答案。

都说杜甫赠诗多，李白回得少。可是，人与人处理情感的方式本就不同。李杜之交，李白思念一个人的至情宣泄而出，就用尽了。杜甫悼念一个人的至哀抵达巅峰，才变得默然。

不管是什么表达方式，到了极致，殊途同归。

千秋万岁名，寂寞身后事。杜甫的深情很显著，容易理解；但李白的厚谊，世人太容易误解低估。好在，有杜甫懂他，李白大概也会觉得人生得一知己足矣。

14

杜甫：永远光明，永远热泪盈眶

客至　杜甫

舍南舍北皆春水，
但见群鸥日日来。
花径不曾缘客扫，
蓬门今始为君开。
盘飧市远无兼味，
樽酒家贫只旧醅。
肯与邻翁相对饮，
隔篱呼取尽馀杯。

先来讲讲这首诗描绘的内容。茅舍草堂的南北边，都有春水荡漾，那些鸥鸟每天成群结队地飞过来。长满花花草草的小路，很久都没有清理打扫了，因为没什么客人来。今天因为你的到来，我家用蓬草做的门才第一次打开。

飧是指熟菜，醅是指含有杂质没过滤的浊酒，古人以新酒为佳。“盘飧市远无兼味，樽酒家贫只旧醅”——诗的意思是说，我这里离集市太远了，盘子里的熟菜，也没有多少美味佳肴，因为家境贫寒，也只能拿出陈酿浊酒来招待客人。

“肯与邻翁相对饮，隔篱呼取尽馀杯”，您要是愿意跟隔壁的老人家一起喝酒，那我就隔着篱笆把他唤过来，咱们一起喝到尽兴。

前些年我去四川成都讲学，特意到杜甫的草堂游览。天府之国气候温润，所有的植物长得都分外精神，绿意盎然。杜甫的草堂，就在这么一个铺天盖地都是碧绿草木的地方。

这首诗大致的写作时间，是在公元 761 年的春天。结束了长期的飘零颠沛，杜甫在成都的西郊浣花溪头，盖起了茅草屋，他称之为草堂。在这段时间，他终于稍微安定下来。

当年的茅草屋舍，隔了千年，自然不会留下来。现在的人按照杜甫在诗里写的细节，复制还原了草堂，看上去特别的简陋。在这样的地方居住着，虽然风景上佳，但却远离市区，杜甫当时的处境可想而知。

这一年的杜甫已经快 50 岁了。昔日的壮志凌云，已消磨太多，他只能够住在四壁空空的草堂中，写出一首一首充满悲叹的诗。既有忧国忧民，又有苦中作乐。

这首《客至》就是苦中作乐的体现。这首诗的写法，充满了对照。他先从自然美景写起，虽然只是草屋，但是南北都有流水，春水潺潺，赏心悦目，吸引的那些鸥鸟，也天天跑过来饮水觅食。这都是因为成都属于盆地上的平原，水量丰富，得天独厚。

如此美景，主人家却分外寂寥。世上往往嫌贫爱富，于是杜甫的家里就没有什么客人来拜访，那就更加没必要去打扫小径的杂草野花。直到有人来探访他，蓬草之门，才打开来迎接宾客。这个人是谁呢？杜甫自己给诗旁注了一句：喜崔明府相过。

明府，是唐朝的人对县令的尊称。相过也就是探访的意思。

崔县令登门来探访，杜甫非常欢喜，那自然是要热情款待。但是因为他的家境贫寒，只能够用简单的食物、普通的酒来招待。

于是，最有趣的一幅画面出现了。这一笔简直是天外飞仙，却又非常合情合理，散发着浓浓的人情味。只有主人客人喝酒，人少不热闹，要不就把隔壁的老头也叫过来，一起喝干杯中酒。反正两家人也就隔着一道篱笆。

这说明了什么呢？说明我们的诗圣杜甫，其实骨子里有着天真热情的一面，并不是一味地的严肃痛苦。还说明他和邻居相处甚恰，如果不是关系好，彼此亲近，怎么会想到去叫邻居来喝酒呢？从风景，写到人情，隔着千百年，也能想象出那幅画面。三个人一起碰着杯子，喝着酒，谈论诗歌或者国家大事，伴随着草堂外溪水流淌的声音，时而欣赏几眼鸥鸟翩翩翻飞。

有客人来，就有友情的温暖。杜甫不是飞黄腾达的人，崔县令还是愿意来看望他，那就说明他重感情，不是一个势利之人。

这首七律，难得洋溢着一片温暖之情。这一刻的杜甫，就是个享受闲趣的老头儿。这是他身在人间的一面。

也正是在成都，杜甫住进草堂的第二年，他去了武侯祠，写下了另外一首著名的怀古诗《蜀相》。

蜀相

丞相祠堂何处寻，
锦官城外柏森森。
映阶碧草自春色，
隔叶黄鹂空好音。
三顾频烦天下计，
两朝开济老臣心。
出师未捷身先死，
长使英雄泪满襟。

这首怀古诗，杜甫以咏史抒发了他当下的心情。

公元221年，刘备在成都称帝，国号汉。刘备病死后，刘禅软弱无能，蜀国基业最大的依仗，就是诸葛亮。当诸葛亮伐魏失败后，也病逝离开人间。后世人为悼念他，建了武侯祠。

这首诗题注“诸葛亮祠在昭烈庙西”，指明了当时的地理位置。开篇就直接交代了，杜甫专程去寻访蜀国丞相的祠堂。所谓锦官城，就是成都的美称。柏树乃是忠贞高洁之树，森森指的是茂密之意。杜甫以他的非凡手笔和景仰之心，渲染出武侯祠的庄严肃穆。

“映阶碧草自春色，隔叶黄鹂空好音”这两句很直接地道明自己的心意。这迷人的春色，这婉转的黄鹂声音，都不是重点。杜甫来到这祠堂，就是为了怀念诸葛亮的。

发古人之幽思，正是浇今人之块垒——也就是杜甫自己心中的郁结。

诸葛亮是古代文人做官从政的极致，在功劳上，辅佐治国，建国有功；在道德上，忠于君王，呕心沥血，死而后已。当年刘备带着关羽张飞，三顾茅庐，请诸葛亮出山协助，频繁询问计策；诸葛亮担当起大军师的职责，以自己的文韬武略，为刘备打江山付出无数心血。从刘备到刘禅，第一代开国，第二代守业，诸葛亮继续尽心尽力。

辅助两代帝王，作为老臣子，这份忠心诚意，足以青史留名。然而，诸葛亮最大的遗憾是，晚年伐魏失败，出师未捷，没能得胜，这位盖世英雄，只能洒泪衣襟，抱憾遗恨。

我们从中也可以发现，杜甫的性格非常的典型。投缘的人，他喜欢的人，他会一片热诚。他对自己欣赏崇拜的人物，就更加感同身受。爱憎分明，态度鲜明。

正因为这样的性格，杜甫的诗也有闲趣戏谑，但不至于轻浮。他的内心庄重诚挚，树立着最高价值观原则。

我把这两首诗放在一起赏析，其实也有原因。一首写生活小事，极为微小。一首写宏大的家国情感，上升到了英雄人物的共鸣境界。这一大一小，恰好构成了完整的杜甫。大可以忧国忧民，谈论大人物诸葛亮，小可以隔篱呼取隔壁老翁一起喝酒。杜甫内在的性格是一致的，非常真挚。他不像别的诗人，会切换不同的面目，有不同的态度。他是一以贯之的。

诗的品格，就是作者的眼界。作者的眼界，来自内心深处的世界观。如果是汲汲于名利，只关心个人的浮沉，那最终心态会走向狭隘，从怨到恨，从恨到毒。杜甫感受着个人的痛苦，又把视线看向广阔大地上的众生，万万千千的寒士，才写得出“安得广厦千万间，大庇天下寒士俱欢颜，风雨不动安如山。呜呼！何时眼前突兀见此屋，吾庐独破受冻死亦足！”。

一个人的终极目标是成为大商人，那最终想要的就是赚取天下人的钱，成为首富。一个人的终极目标是诸葛亮，那他最终想达成的是匡扶社稷，令黎民百姓过上好生活，政治清明，辅助君王成就名垂青史的事业。

杜甫心里想着的就是“致君尧舜上，再使风俗淳”。

他的心胸从“会当凌绝顶”开始，就“一览众山小”。

他的肉身虽然困在贫病中，处于卑微的官职上，但他的灵魂，却升得很高，抽离出来，升到天空，俯瞰着大地众生。这也是他的视角壮观博大的根本原因。

这也是杜甫在唐朝地位不高，在后世却越来越重要，被尊称为“诗圣”的原因。

杜甫活着的时候，说过自己“老病南征日，君恩北望心。百年歌自苦，未见有知音”。

他的诗，不像盛唐的诗人那么仙气，那么浪漫。王朝强大，诗人们也傲气十足。安史之乱后，唐朝走向衰退，走向末世。越往后，战乱纷争民不聊生，浪漫主义淡出，现实主义崛起，杜甫诗歌的优点，就越来越被人欣赏。

容貌、财富、地位，只在生前高于人；精神世界的高尚，却能不朽。他的肉身化为尘埃，他的艺术生命青春永恒。

杜甫可以享受闲趣，像个普通老头儿。但他始终不是普通老头儿，他的选择，他的诗才，他的经历，他的境界，决定了他的俯瞰大地。

说过了杜甫的境界。

我时常琢磨，杜甫，到底是个什么样的人？人的境界，总之不至于凭空而来。除了天赋，也看后天的熏陶。他的人格性情，实在与别的文人不大一样。

他的诗歌，包含了各种风格，如此十项全能，蔚为大观。端庄肃穆，融洽温馨，深沉悲怆，宏大博雅，小巧玲珑，精美婉约……每种风格，他都有佳作。

比如他的《登岳阳楼》，号称雄浑第一。南宋的刘辰翁赞美其“气压百代，为五言雄浑之绝”；到了明代，评论家胡应麟更是将其推崇到“盛唐五律第一”。

登岳阳楼

昔闻洞庭水，
今上岳阳楼。
吴楚东南坼，
乾坤日夜浮。
亲朋无一字，
老病有孤舟。
戎马关山北，
凭轩涕泗流。

古人造访名胜古迹，肯定是要抒发心声的。

“昔闻洞庭水，今上岳阳楼。”开头两句实实在在交代了自己的心思。洞庭湖的波澜壮阔，杜甫久仰大名。登上岳阳楼，放眼饱览这大好山水，也是人生快意事。但杜甫却并不快乐，因为他所想到的，是“吴楚东南坼，乾坤日夜浮”。

杜甫的面前直接就浮现出一幅画面：这浩瀚的洞庭湖，把吴、楚两地拆分开来，一东一南，不再相连。乾坤就是天地之意，这天，这地，都仿佛日日夜夜在湖水中漂浮着。

这真是顶级的大手笔。乾坤天地都浮在水中，更加写出了洞庭湖的辽阔庞大。这本来是描写景况，但是“坼”和“浮”字，显露出心情的投射，山河破碎的分离痛苦，与人生漂浮的焦灼。

他个人的这种情感投射太过强烈，直接附在万物上，而且还与事物的属性相吻合。到洞庭湖，登岳阳楼，乾坤景色在湖水中漂浮，与人在舟中漂浮，有着内在的一致性，都有动荡不安、日夜煎心的艺术感染力。

笔头一转，“亲朋无一字，老病有孤舟”也就顺理成章，气韵一致了。

亲朋好友们都没有书信寄来，断了音讯，何其孤单凄凉。在这广袤的世界上，独自一个人感慨万千，这时候的杜甫 56 岁，暮年老病，只有乘坐一叶孤舟飘零，他的这份焦灼，更是读来酸楚，为之掬一把泪。

“戎马关山北”，是指当时的北方边关，再度燃起战火。吐蕃侵袭边关，硝烟弥漫。那个强盛而边境安宁的王朝，不复存在。“凭轩涕泗流”，是指倚着楼窗涕泪流淌。凭窗之际，他又在看着什么，想着什么呢?

杜甫在他的那首《秋兴》里写过类似情景：“夔府孤城落日斜，每依北斗望京华。”

可以推测出来，他凭轩落泪，凝望的方向，是京华之所在——长安城。他是为烽火战争生灵涂炭，也是为个人际遇而哭。

这首五言律诗，从天地到个人，再到家国，有着鲜明的杜甫风格，不是寻常人能够抵达的境界。

还有他的《登高》：

登高

风急天高猿啸哀，
渚清沙白鸟飞回。
无边落木萧萧下，
不尽长江滚滚来。
万里悲秋常作客，
百年多病独登台。
艰难苦恨繁霜鬓，
潦倒新停浊酒杯。

我尤其喜欢杜甫这首作品。人在天地江湖中，声音、画面、触感、体感，从四面八方而来。抬头看到的天是阴沉沉的，内在的心情是烦闷无奈的，猿猴叫声凄厉，水虽然清澈，但鸟却在低飞，萧瑟之气，充盈天地之间。无边无际的树叶不断落下，绵绵不绝的长江浪花滚滚翻涌。

一个满怀激情的壮年男人，白发满鬓，穿着旧衣袍，喝着浊酒，对着无边落木、不尽江水。仿佛自己就站在江边上，置身其中，化身为他，体会着他所体会的一切。

杜甫的写作，总能让我感受到，无论多么苦痛潦倒，艰难曲折，他是不愿意把自己抽离出来的。他与世间的种种受难者，同呼吸，共命运。他与光明正义伟大理想是一体的。他爱得深沉，在自己的诗歌王国里，是绝对的帝王。

一般说来，太过于宏大的情感，足以震撼人，难以感动人。但杜甫又是细腻柔软的，俯瞰大地众生，洞察万民疾苦，体验自身的丧乱病愁，却又绝非高高在上的倨傲。

他所写的一切，都真真切切——喜怒哀乐就是喜怒哀乐，得意傲然就是得意傲然，轻快写意就是轻快写意，古道热肠就是古道热肠，怨泣哀哭就是怨泣哀哭，几乎罕见矫饰空洞。

他是将心比心，从自己的苦痛，延伸到广大世界。按照现代心理学理解，他有着强大的共情能力，否则怎么写得出“安得广厦千万间，大庇天下寒士俱欢颜，风雨不动安如山。呜呼！何时眼前突兀见此屋，吾庐独破受冻死亦足！”？

他同时又是骄傲自恋的:“甫昔少年日，早充观国宾。读书破万卷，下笔如有神。赋料扬雄敌，诗看子建亲。”这意思是，我的辞赋能与扬雄一决高下，我的诗作能跟曹植媲美。杜甫是知道自己才华横溢的，而且是一流的才华。他崇拜欣赏的是李白，很能说明这一点。所谓惺惺惜惺惺。

他发起牢骚也是直截了当的，《贫交行》写道：

『翻手作云覆手雨，
纷纷轻薄何须数。
君不见管鲍贫时交，
此道今人弃如土。』

他也是细腻文艺，忧愁的诗人，《蒹葭》里写：

『摧折不自守，
秋风吹若何。
暂时花戴雪，
几处叶沉波。
体弱春风早，
丛长夜露多。
江湖后摇落，
亦恐岁蹉跎。』

杜甫诗作的魅力，也在于个人命运与国家命运紧密联系在一起。这种强烈的主体感，渗透到每个细节，让人感同身受。

这种强大的囊括读者的力量，使得你一旦喜欢上杜甫的诗，进入了杜甫的世界，就会融入其中，杜甫即我，我即杜甫。

15

白居易：感伤诗大佬

琵琶行（并序）　白居易

元和十年，予左迁九江郡司马。明年秋，送客湓浦口，闻舟中夜弹琵琶者，听其音，铮铮然有京都声。问其人，本长安倡女，尝学琵琶于穆、曹二善才，年长色衰，委身为贾人妇。遂命酒，使快弹数曲。曲罢悯然，自叙少小时欢乐事，今漂沦憔悴，转徙于江湖间。予出官二年，恬然自安，感斯人言，是夕始觉有迁谪意。因为长句，歌以赠之，凡六百一十六言，命曰《琵琶行》。

这段序言交代了诗作的背景，在唐宪宗时代的元和十年，我被贬为九江郡司马。第二年的秋天，我送客到湓浦口，听到船中有人在夜里弹奏琵琶。听着那铮铮琵琶声，有京都的音韵。询问她得知，她是长安歌女，曾经向穆、曹两位琵琶高手学习过。后来年纪大了，美貌衰退，只能嫁给商人。我就命人摆好酒席，让歌女快弹几曲。弹完之后，歌女露出忧愁烦闷的样子，说起自己年轻时欢乐开心事，现在沉沦漂泊人憔悴，江湖飘零辗转。我离开京都，外调任职两年来，心情恬静安定，被她的言谈触动，这夜才觉察出被贬职的感伤。因此写了一首长诗赠给她，共有 616 字，命名为《琵琶行》。

浔阳江头夜送客，
枫叶荻花秋瑟瑟。
主人下马客在船，
举酒欲饮无管弦。
醉不成欢惨将别，
别时茫茫江浸月。
忽闻水上琵琶声，
主人忘归客不发。
寻声暗问弹者谁，
琵琶声停欲语迟。
移船相近邀相见，
添酒回灯重开宴。

开篇的这六句，介绍事情发生的背景。浔阳江头夜晚送别客人，秋天萧瑟，枫叶红，荻花白，对照鲜明。主人下马，客人上了船，别离在眼前，举起酒杯想饮酒，却没有丝竹管弦音乐伴奏，虽然也喝醉了，却并不欢乐，心情悲惨，一别两茫茫，江面倒映着月亮。忽然听到江上有人弹琵琶，主人忘了回去，客人忘记出发，循着声音悄悄问弹琵琶的人是谁，对方停下来，却回复迟。移船靠近邀请对方见面，重开酒宴。

千呼万唤始出来，
犹抱琵琶半遮面。
转轴拨弦三两声，
未成曲调先有情。
弦弦掩抑声声思，
似诉平生不得志。
低眉信手续续弹，
说尽心中无限事。
轻拢慢捻抹复挑，
初为《霓裳》后《六幺》。

这几句充分显示了白居易的叙述功力。强调了歌女的迟疑和羞于露面，成为千古名句。专门用来形容氛围的渲染，悬念的深藏，诱人好奇。只是转紧琴轴，拨动琴弦试了几声，曲调还不完整，就蕴含感情。这就叫“先声夺人”。只有真正满腹心事、长期幽怨的人，才会有这样的效果。好比有故事的人，叹一口气，还没开始讲故事，那种情绪已经扑面而来。这也是写作当中最为实用的烘托手法。歌女低眉顺眼，信手弹起来，说明她的老道熟练，讲述的过往经历都是真的。拢、捻、抹、挑，都是弹琵琶的指法，先弹了《霓裳羽衣曲》后弹了《六幺》。《六幺》又名《绿腰》，是唐朝的琵琶流行曲，技术难度高。《霓裳羽衣曲》就是给杨贵妃跳霓裳羽衣舞伴奏的曲子。

大弦嘈嘈如急雨，
小弦切切如私语。
嘈嘈切切错杂弹，
大珠小珠落玉盘。
间关莺语花底滑，
幽咽泉流冰下难。
冰泉冷涩弦凝绝，
凝绝不通声暂歇。
别有幽愁暗恨生，
此时无声胜有声。
银瓶乍破水浆迸，
铁骑突出刀枪鸣。
曲终收拨当心画，
四弦一声如裂帛。

这一段都是在写歌女的琵琶技艺格外高超，弹起来，大弦像疾风骤雨，小弦像窃窃私语，大小弦一起错杂弹着，嘈嘈切切，仿佛大小珍珠落在玉盘上，一时间像花底下的黄莺鸟鸣叫得婉转流畅，一会儿又如同冰下的泉水，寒冷凝固，受阻滞留，声音暂停，极尽幽微愁恨。这么无声的片刻让人回味沉浸其中，胜过有声，忽然就声音再起，好似银瓶突然破裂水浆四溅，铁甲骑兵突然挥舞刀枪发出响声，最后收尾，在琴弦中心划拨一下，四根弦齐响一声，就像撕裂布帛。

虽然古曲有些失传，但听过现在琵琶弹奏的人都会发现，自己的感受就跟白居易一样。琵琶的演奏，就是这样的效果：兼顾了凌厉和幽怨，可以如泣如诉非常哀怨，也可以金戈铁马杀机四伏。那么多人听琵琶，只有白居易如此准确写出这种感受，就在于字词运用上的精练，他的通感，符合表达的内在逻辑。

运用通感的诀窍就在于，不同事物给人类似的感受。裂帛让人惊心，银瓶破了水花四溅，格外森冷锐利。比喻为雨声、私语，不稀奇，比喻为黄莺鸟在花下叫，泉水在寒冰下凝滞，也不稀奇，一般人都能观察到。珍珠和玉盘都是美好事物，但是大珠小珠落玉盘，很别致。

我闻琵琶已叹息，又闻此语重唧唧。
同是天涯沦落人，相逢何必曾相识！
我从去年辞帝京，谪居卧病浔阳城。
浔阳地僻无音乐，终岁不闻丝竹声。
住近湓江地低湿，黄芦苦竹绕宅生。
其间旦暮闻何物？杜鹃啼血猿哀鸣。
春江花朝秋月夜，往往取酒还独倾。
岂无山歌与村笛？呕哑嘲哳难为听。
今夜闻君琵琶语，如听仙乐耳暂明。
莫辞更坐弹一曲，为君翻作《琵琶行》。
感我此言良久立，却坐促弦弦转急。
凄凄不似向前声，满座重闻皆掩泣。
座中泣下谁最多？江州司马青衫湿。

东船西舫悄无言，唯见江心秋月白。
沉吟放拨插弦中，整顿衣裳起敛容。
自言本是京城女，家在虾蟆陵下住。
十三学得琵琶成，名属教坊第一部。
曲罢曾教善才服，妆成每被秋娘妒。
五陵年少争缠头，一曲红绡不知数。
钿头银篦击节碎，血色罗裙翻酒污。
今年欢笑复明年，秋月春风等闲度。
弟走从军阿姨死，暮去朝来颜色故。
门前冷落鞍马稀，老大嫁作商人妇。
商人重利轻别离，前月浮梁买茶去。
去来江口守空船，绕船月明江水寒。
夜深忽梦少年事，梦啼妆泪红阑干。

这后面的部分，讲述了歌女的前半生。白居易的时代，已经是中唐，跟李白杜甫这样的盛唐诗人不一样。他的作品，更具文人气息，也有了浓郁的学术味道。他把自己的诗分了类，有讽喻诗、闲适诗、感伤诗和杂律诗。《琵琶行》和《长恨歌》一样，都被白居易划分到了感伤诗。

这诗的感伤，明眼人都看得出来，属于拿别人的故事，讲述自己的心事，借他人的酒浇自己胸中的块垒。歌女颠沛流离，色衰爱弛，昔日有钱人追逐，年老无可奈何嫁给商人；商人偏偏更加在乎钱，不在乎感情，只管去浮梁做茶叶生意。曾经的欢乐，变成过眼云烟。白居易在这一刻，把自己的失意都投射在了歌女的人生上。帝王决定臣子的命运和悲喜，恰似顾客决定歌女的荣耀和哀乐。白居易以才华能力忠诚取悦君王，好比歌女以姿色琵琶技艺取悦人。归根结底，依附者，命运不能自己掌握。从门庭若市炙手可热，到门可罗雀，人生命运回头看，同是天涯沦落人，相逢何必曾相识，就是四个字——“同病相怜”。

白居易说浔阳偏远没音乐，一年到头听不到丝竹管弦，说黄芦苦竹围着宅子疯狂生长，云云，都是百般哀叹和抱怨。他跟歌女说我要为你写一首《琵琶行》。

歌女的晚年还会幸福吗？肯定不会了，人生走到这样的境地，无可奈何。不过，她的人生有这样的奇遇，也得到了一丝慰藉。

白居易担心的，是自己今后的人生，还能召回京都，获得重用吗？《琵琶行》说到底，其实是白居易写给自己的自我安慰，也是写给有相同共鸣的人。世上的不朽，恰恰来自共鸣。

白居易自己觉得这样的感伤诗和杂律诗，只是用来抒发郁闷，不是他自己最好的作品。他认为他的讽喻诗才是最有价值的。但他忽略了一件特别重要的事情，讽喻诗关心民间疾苦，揭露社会的压迫和黑暗，那是作为一个高高在上的士大夫，对下层人民的同情。从他的创作动机来看，一方面出于儒家传统的“仁”而悲悯，但另一方面，跟大多数古代知识分子一样，他其实希望那些作品真正的读者是皇帝，期望被皇帝读到而施行德政仁政，政风清明。

而他书写爱情的杂律诗《长恨歌》，体现了男女之间的爱情，皇帝和妃子完全不平等，但唐明皇和杨玉环之间有真正的爱情，那多多少少还有一丝平等的意味。《琵琶行》把自己和歌女放到了悲苦共鸣的知音人的位置。这才是真正写给世人阅读，写给读者的作品。

所以这两首诗，千年之下，更加深入人心。

16 元稹：是渣男还是深情郎君？

元稹的悼亡诗，实在厉害。每次意外瞧见都觉得实在催人泪下。尤其是“惟将终夜长开眼，报答平生未展眉”，哀伤之极。我觉得啊，除了苏轼那首《江城子》的“十年生死两茫茫”，无可匹敌。

《遣悲怀三首·其一》

谢公最小偏怜女，
嫁与黔娄百事乖。
顾我无衣搜画箧，
泥他沽酒拔金钗。
野蔬充膳甘长藿，
落叶添薪仰古槐。
今日俸钱过十万，
与君营奠复营斋。

《遣悲怀三首·其二》

昔日戏言身后事，
今朝都到眼前来。
衣裳已施行看尽，
针线犹存未忍开。
尚想旧情怜婢仆，
也曾因梦送钱财。
诚知此恨人人有，
贫贱夫妻百事哀。

《遣悲怀三首·其三》

闲坐悲君亦自悲，
百年都是几多时。
邓攸无子寻知命，
潘岳悼亡犹费词。
同穴窅冥何所望，
他生缘会更难期。
惟将终夜长开眼，
报答平生未展眉。

闲坐时候，我为你悲伤，也为自己悲伤。百岁光阴，急急流年。邓攸没有后人是命中注定的；潘岳写悼亡诗文哀叹失去爱妻，也不过是徒然悲伤，浪费辞章，人都死了，又有什么用？今生能够死后同葬，已经是奢望，来生再续缘就更加难料了。

我将如何报答你对我的恩情，报答你一生的皱眉，只因为相爱，就陪着一起吃尽苦头？我愿以彻夜思念你，耿耿不寐，睁大眼睛来报答你平生的万种愁苦，眉头深锁。

这诗如实道来，别无修饰，深沉之极，每读之，潸然泪下。

都说他无行滥情，妻死急纳妾，文如其人之反面。这实在是误解。

其实韦丛在公元 809 年去世，死前的那三年，元稹丁忧无俸禄。韦丛的父亲韦夏卿在公元 806 年去世，失去照应。

韦丛死后一年，元稹又被贬官，带着一个年幼的女儿生活，极其艰辛。所以他的朋友帮忙张罗纳妾。

四年后他的妾室安氏病逝。隔年，他在通州患病求医，唯恐不久于人世，一边求医，一边续弦裴淑。其实这是在筹划后事，托付儿女。

他后来终于时来运转，仕途提拔，已经是公元 820 年。

但当时，他的的确确是“曾经沧海难为水，除却巫山不是云”。真情实感作不了假。无情的人写不出这样的句子。

骂元稹渣男云云，真是从何说起啊！

说到这里，肯定还有人要提他那本小说《会真记》。《会真记》，又叫《莺莺传》，写的是张生和崔莺莺的故事。传到后世，各路高手改编这个故事，就变成了千百年来痴男怨女最走心的戏码——《西厢记》。

可是，据考证元稹写下这个故事的时候，是公元 804 年，那一年，他 25 岁。这个故事写了张生始乱终弃，写出了一个起初犹犹豫豫，但最终还是选择勇敢追求爱情、追求自由恋爱的崔莺莺。崔莺莺是越来越熠熠生辉。而张生，却渐渐黯然失色。

在结尾的时候，元稹为张生辩白，都怪崔莺莺太妖孽，勾引坏了人，红颜祸水。

那是什么年代？那是礼法束缚越来越严重的年代。这个故事只能这么结尾，属于当时的导向问题。类似于出现妖魔鬼怪的当代电影，最后只能是因为精神病或做梦。

25 岁的青年作家元稹，还没那么老到熟练的技巧处理这种问题。或者，还没那么先锋，走在时代前列，所谓的局限性。

写这种传奇小说，编故事的时候可能会拿一些真实背景当设定。宋代就有人考证说这小说的张生是元稹本人，后来就这么传下来，于是元稹跳进黄河也洗不清了。反正从唐到宋，他人都死了几百年。

就举一个例子，元稹第一次当官是在山西的“西河县”，小说《莺莺传》里的张生发生故事是在陕西的“河西县”。咋就变成了自传小说呢？

有名的人，终其一生总会被贴上各种标签。

如果这个人还活着，那就看着他的眼睛，骗不了人的。

如果这个人死了，那就看着他写得最好的东西，那同样也骗不了人的。

芙蓉泣露香兰笑。
十二门前融冷光，
二十三丝动紫皇。
女娲炼石补天处，
石破天惊逗秋雨。
梦入神山教神妪，
老鱼跳波瘦蛟舞。
吴质不眠倚桂树，
露脚斜飞湿寒兔。

17

《李凭箜篌引》：唐代的科幻电影

李凭箜篌引　李贺

吴丝蜀桐张高秋，
空山凝云颓不流。
江娥啼竹素女愁，
李凭中国弹箜篌。
昆山玉碎凤凰叫，

李贺的诗对于我们现代人来说，特别亲切迷人。他这个人，呕心沥血，追求新奇特。打一个现代化比喻，李贺诗中的瑰丽神奇的意象画面，简直可以拿下奥斯卡特效奖。他喜欢描写各种匪夷所思，一般人想不到的画面。

而我们现代人，成长于电影特技特效大爆发的时代，直接就看到了文学文字描述和画面的转化。

比如刘鹗的《老残游记》有一段《明湖居听书》，里面的音乐描写很多人挺熟悉："声音初不甚大，只觉入耳有说不出来的妙境：五脏六腑里，像熨斗熨过，无一处不伏贴，三万六千个毛孔，像吃了人参果，无一个毛孔不畅快。……那王小玉唱到极高的三四叠后，陡然一落，又极力骋其千回百折的精神，如一条飞蛇在黄山三十六峰半中腰里盘旋穿插。"

一条飞蛇在山峰中盘旋穿插，古人只能在绘画中见识到。而我们真真切切在电视电影里看得到。回过头再看看文字描写，高超的音乐家的技巧是多么厉害，险峻高亢又曲折。

用画面来写声音，还是用的通感的手法。

刘鹗是晚清作家，李贺是唐朝诗人，这样的文学手法，千年前的李贺就用得出神入化。再来具体说说这首诗。

吴丝蜀桐，就是吴地的丝、蜀地的桐木，指代用这些著名产地的优质材料做出的乐器箜篌。"吴丝蜀桐张高秋"，说的是在秋高气爽的时候，调弄丝弦，弹起箜篌，山中的流云，仿佛也停滞不动。

仿佛湘妃对着竹子哭，仿佛九天素女在发愁。那是李凭在京城弹奏箜篌。

仿佛昆仑山的玉石粉碎而凤凰在鸣叫，芙蓉花在露水中哭泣，清香的兰花在笑。

凤凰的叫声，没人听过，但在想象中，这种神鸟的叫声必然是穿透云天。多么神奇。

芙蓉怎么哭，兰花怎么笑，那更加不可能有人听过。但想象一下芙蓉泣露，那是多么的楚楚可怜，风露清愁；香兰笑，那是多么的热烈活泼，又香又美，欢喜娇俏。

芙蓉与兰花都是美丽高贵的花，在中国传统文化里，享有极高的美誉。这样两种花卉，一个哭，一个笑，更加显得对比强烈。

音乐对人的感动与刺激，是可以直接激发生理反应的，比如起鸡皮疙瘩、心悸。心理学研究表明，声音比文字更加直接作用于人的大脑。大脑前额叶皮质作用下，我们会产生愉悦感，以及空灵的漂浮感。现代科学研究，为我们打开了古代文学家搞创作时的脑海秘密。

当时的长安城，在东西南北每一面城墙各有三座门，合计十二门。道家里称呼天帝为紫皇。“十二门前融冷光，二十三丝动紫皇”，也就是整个长安城，都仿佛融在寒冷的光芒中，这有着二十三根弦的乐器弹起来，连天上玉帝都被打动了。

“女娲炼石补天处，石破天惊逗秋雨”，何其宏大，女娲炼的是五彩石，天破了，补天的位置，仿佛又被箜篌的乐音给击破，石破天惊，引来漫天的秋雨。

李贺的想象力级别，是超级神话大片的特效画面级别。

“老鱼跳波瘦蛟舞”这一句，打上了李贺鲜明的写作烙印。一般写诗，鱼在水波中跳跃，蛟龙在水中飞舞，那是非常矫健壮观的场面。但是，那是对活力四射新鲜蹦跶的鱼、矫健畅游长天的龙的描写。

在李贺笔下，鱼是老的，龙是瘦的，给人颤颤巍巍老弱病残的感觉，一股浓浓的诡异之感。老鱼跳跃，瘦蛟舞动，可想而知李凭弹奏出的音乐，多么的特异迷人。

有一种推测是，唐朝的音律吸收了胡乐的风格，箜篌这种乐器也融合了胡人乐器的特色，所以东西合璧，音乐里有异域味道。这对听众来说，是更加丰富的听觉享受。

李凭是个梨园艺人，以弹奏箜篌闻名天下。在唐代顾况的诗里，李凭当时达到了“天子一日一回见，王侯将相立马迎”“不惜千金买一弄”的地步，堪称当年的顶级流行音乐家。

李贺也听了李凭的现场弹奏，于是写出了这么一首名篇《李凭箜篌引》。李贺自己也是个力求怪异出格、惊世骇俗的天才诗人。他来写一个非凡的音乐家，那真是天作之合。

历史上说李贺是诗鬼、诗妖，因为他动不动用血、鬼、泣、死等字眼。其实这很好理解，青春年少，才华横溢，但是貌不惊人，身体状况时常不好，考科举又受到委屈，悲愤怨恨之下，他把最沉重的字眼频繁用起来。

李贺 21 岁应河南府试，初试告捷令他踌躇满志，然而，想跟李贺竞争的人就打报告说李贺“父名晋肃，子不得举进士”。当时韩愈写了《讳辩》为李贺辩解，指出这样的避讳太荒唐：“若父名仁，子不得为人乎？”

要是父亲名字里有个仁字，那儿子就不能做人了？遗憾的是，李贺最终还是未能如愿参加进士考试。

李贺在《开愁歌华下作》里写道：“我当二十不得意，一心愁谢如枯兰。”

二十来岁就忧愁深重。这种紧迫感、绝望感，逼着他燃烧自己的生命，在创作上，走向极致，追求与众不同，写那些跟别人不一样的句子。

尽管他也试图振作过，在他的《致酒行》里写下：

零落栖迟一杯酒，
主人奉觞客长寿。
主父西游困不归，
家人折断门前柳。
吾闻马周昔作新丰客，
天荒地老无人识。
空将笺上两行书，
直犯龙颜请恩泽。
我有迷魂招不得，
雄鸡一声天下白。
少年心事当拿云，
谁念幽寒坐呜呃。

马周是唐代的名士，在长安游历时候，住在新丰，籍籍无名。当时没人知道这是个人才，他就一个人喝闷酒。后来，马周依附著名的武将常何，留在常何手下。唐太宗李世民下令让百官建言献策，马周就给常何代笔，写了策略长论交上去。

结果，唐太宗很惊讶，他发现，这文章写得好，常何一个武将居然这么有见识。李世民就询问常何，怎么回事?

常何坦白交代，不是我的本事，是我旗下的马周写的。于是马周进入了皇帝的视野，受到重用。

李贺写这个例子，就是在感叹自己什么时候也有这样的机会，被君王赏识。

“雄鸡一声天下白”，多么震撼人心。漫漫无边的黑夜，迷魂难招，年少的心，多么迷茫惆怅，彷徨无助。但这个时候雄鸡一声高叫，太阳升出，全天下明亮起来，实在恢宏无比。

李贺写这诗来勉励鼓舞自己“少年心事当拿云，谁念幽寒坐呜呃”，然而，他没能等到他想要的人生，一腔激愤，化为炫彩华章。后来，27 岁就病逝。

实事求是地说，李贺以一己之力丰富了整个大唐的诗歌创作的疆域。我们有忧国忧民，也有飘逸如仙，有厚重扎实，也有幽怨无题，有明月清风，也有黑云压城。

我特别喜欢李贺的《苦昼短》：

『飞光飞光，
劝尔一杯酒。
吾不识青天高，
黄地厚；
唯见月寒日暖，
来煎人寿。』

那飞快流逝的时光啊！我劝你也喝一杯酒吧！我不知道青天有多高，黄土地有多厚，只看见寒来暑往，冷暖交替，煎熬消磨人的寿命。

这样饱经沧桑的话，却出自一个年轻人之口。一个早慧的年轻人，那少年老成的态度和口吻，活灵活现如在眼前。有的人浮沉飘零一生，涓滴积累，到老方悟。有的人少年天分，刹那洞明，人生苦短，光阴容易抛却。他把这感叹，化为诗句，彗星一般照耀长空。李贺就是后面那一种人。

还有他的名句“衰兰送客咸阳道，天若有情天亦老”，后世很多人直接引用，可见多么打动人心。

生老病死，有情众生，都是这样度过一辈子。苍天如果也有人的这些情感，体会那么多悲欢离合，也会衰老的。

我们同情理解他毕生的遭遇，一如同情理解千古来所有不得志的才子。他的才华，后世认可，无数伟大人物认可。可怜李贺锦绣才，天荒地老有人识。

在名家辈出、佳作无数的历史上，李贺这样杀出重围的诗人，为我们做出了示范。千姿百态的花朵，都在盛开，构成了满园春色。我们欣赏这满园春色，欣赏各自的特别，欣赏不同的美，从而走向包容、博大。

好的诗篇，要么有精妙的警句，发人深思；要么有奇妙的画面感，让我们浮想联翩。这都依赖于独创性。

他的写作态度，值得我们学习，努力求新求变。今时今日的我们，熟读了名篇佳作，“李杜诗篇万口传，至今已觉不新鲜”，那就需要更加新鲜的作品诞生。因为写文章最忌陈词滥调，创新永远是创作的灵魂。

18 温庭筠：玲珑心肝的倔脾气男子

菩萨蛮　温庭筠

小山重叠金明灭，
鬓云欲度香腮雪。
懒起画蛾眉，
弄妆梳洗迟。
照花前后镜，
花面交相映。
新帖绣罗襦，
双双金鹧鸪。

在中国古代文学史上，有一个很出名的花间派，产生于晚唐到五代时期。花间派的代表作，就是一套文集《花间集》。

《花间集》收录了温庭筠、韦庄等十八人的五百多首词。其中选了温庭筠的六十六首词。这个流派最重要的人物，正是温庭筠。

为什么叫花间派呢？顾名思义，那就是以风花雪月、男女私情、悲欢离合为主题。

《红楼梦》里薛宝钗和香菱谈诗，提到文学史的说法："杜工部之沉郁，韦苏州之淡雅，温八叉之绮靡，李义山之隐僻。"

这个温八叉，就是温庭筠的外号。这也是个才子，天赋高，文思敏捷，每入试，押官韵，八叉手而成八韵——"温八叉"。然恃才不羁，又好讥刺权贵。

至于"绮靡"这个评价，意思是说他写的诗词浮华艳丽。"绮靡"是个很有来头的常用术语。西晋的文艺评论家陆机在他的《文赋》里说："诗缘情而绮靡，赋体物而浏亮。"

我们只是欣赏这首词的遣词造句，就能感受到浓浓的香艳绮靡气息。

欣赏温庭筠的词，还是得了解一下他这个人。五代孙光宪《北梦琐言》卷四载：宣宗爱唱《菩萨蛮》词。令狐相国（绹）假其（温庭筠）新撰密进之，戒令勿泄，而遽言于人，由是疏之。温亦有言曰："中书堂内坐将军。"讥相国无学也。

唐宣宗这个皇帝很喜欢风花雪月的文艺诗词，尤其喜欢唱《菩萨蛮》词牌的歌。于是，当时的宰相令狐绹，拿温庭筠撰写的二十阕《菩萨蛮》献给皇帝。令狐宰相这么做，当然是为了讨皇帝欢心。他还要求温庭筠保守秘密，不得泄露。

原本温庭筠跟令狐相国往来，就是希望得到提携重用。没想到，这位大领导拿他当枪手，让他捉刀代笔。

温庭筠自然是心中愤愤不平，我的绝世才华，却被你拿去利用，你这不就是仗势欺人，欺世盗名么！于是就把这事泄露出去。那令狐相国自然也被激怒，从此疏远他。温庭筠就更加口无遮拦，得罪到底，讥讽令狐绹是没文化的将军，还硬是当上了文官职位的大官。

可想而知，得罪了大人物，温庭筠更加不受待见。唐朝的科举制度，考试是一方面，贵人提携是另外一方面渠道，而且更加重要。温庭筠屡试不第，加倍愤世嫉俗。

总之，这么一个锋芒毕露的才子，十分不讨权贵喜欢。自然平时也没有太多正经公务去忙。加上他自己也是个浪荡子，特别喜欢流连风月场所，放肆冶游，与妓女往来，纵情酒色。所以，他特别熟悉女子的日常生活。

了解了温庭筠的脾气之后，我们再来看看这首词，自然就非常明白了。他写了一个女子，从早上起床梳洗化妆到绣花做女红的生活。细节写得真真切切。这就是他最熟悉的生活场景。文人写起他熟悉的生活，非常顺手。

所谓小山，就是当时的唐朝女子中流行的小山妆，一种画眉的妆法。金明灭，其实也是指当时女子流行的妆容“额黄”，用黄色的颜料，将自己的前额涂黄。这种鲜明的金黄色，特别亮眼。有些爱美又充满巧思的女子，还专门涂抹出星星月亮飞鸟花草的纹路。

“小山重叠金明灭，鬓云欲度香腮雪。” 细致地描画黛眉，一笔又一笔重叠加重颜色，于是一颦一笑，风流婉转。额头装饰着金黄色的颜料，低头抬头转身回首之间，一会儿明亮，一会儿暗下去。鬓发乌黑，美人皮肤白，那香腮色泽如雪，青丝秀发像云朵一样，往前挪移，掩盖着脸颊，黑白分明，更加显得面容娇美。

欣赏美丽的女子画眉弄妆，在古代，正是风流才子的雅趣。

温庭筠不是一次两次写这样的女子生活细节，而是频繁下笔，诗词里不断出现类似的场景。比如《偶游》：

『云髻几迷芳草蝶，
额黄无限夕阳山。
与君便是鸳鸯侣，
休向人间觅往还。』

又比如《菩萨蛮》：

『蕊黄无限当山额，
宿妆隐笑纱窗隔。
相见牡丹时，
暂来还别离。
翠钗金作股，
钗上蝶双舞。
心事竟谁知？
月明花满枝。』

再看“照花前后镜，花面交相映”这两句，写得细致入微。女子对着梳妆台的镜子，头上插花，手里另外拿着一把小镜子，检视看看那花有没有戴好位置。人面与鲜花，在前后镜中无限映照，跟开头描写的小山重叠，完全对应上了。

所谓新帖，也就是刺绣的图案花纹。化完妆以后，又拿出时下新鲜的花样子，把它绣到罗裙上。那新帖是什么花样呢？原来是一双双金线绣成的鹧鸪。成双成对，顿时道破女子的心思，她在思慕佳偶伴侣。

我们完全可以反推出，这么一个玲珑心肝的男子，时常在旁边看着人面鲜花相映照的女子，在慵懒舒缓地梳洗化妆。他是抱着怜香惜玉的心，在欣赏这份美。

我认识一个挺有魅力的女艺人，嫁人以后，给自己放假，暂停事业忙碌，回归家庭生活。平时有一些宴席聚会，这对夫妇相约一起赴约。

有一次偶遇，她私下抱怨，先生每每嫌弃她化妆慢，动作迟，等得不耐烦。她的先生，只顾着收拾打扮好自己，赶着去出门。

这是何等遗憾。

所以我常常觉得，“美”这个东西，属于有心人的专利。无心人只看结果，有心人能欣赏这梳洗打扮过程当中的生活情态。所以温庭筠能写出这么精妙绝伦、美而迷人的词。

温庭筠，乃是个贾宝玉一类的人物。虽然他长得相貌丑陋，不像贾宝玉那么漂亮，但是他们的心意是相同的。他们能够细致入微地观察女子，体贴女子，领会女子的心意。这方是有情人。否则，只不过是贪婪享用皮囊色相的蠢物罢了。

人生其实有两面，积极进取是一面，消遣闲适是另外一面。婉约花间是需要的，慷慨悲歌也是需要的。理想的状态，当然是玩乐时好好玩乐，奋斗时好好奋斗。可惜，世事难尽如人意。踌躇满志的有才之人，很多并不能走向岗位，实现抱负。越是心比天高，越是经历挫败打击之后，就越发变得消沉避世，逃到温柔乡。

说回温庭筠这个花间派的头号人物，他何尝不是仕途断绝，没戏了，才彻底走向红红翠翠莺莺燕燕呢！这当然也和他个人的造诣有关，酒色之徒很多，没几个写出艺术水平很高的佳作。这说明，他和无数杰出的古代文人一样，以风流浪荡来平衡他的被排挤，平衡他的愤懑。

等到他终于时来运转，当上了国子助教，他的本色显露出来，他要公正严明以文章本身论优劣——“乃榜谒诗三十余篇以振公道”，还公开声明“右，前件进士所纳诗篇等，识略精微，堪裨教化，声词激切，曲备风谣，标题命篇，时所难著，灯烛之下，雄词卓然。诚宜榜示众人，不敢独专华藻。并仰榜出，以明无私。”

结果，这回又得罪了一大批权贵。因为那些他喜欢的文章，有很多批评权贵的话语。被他这么一公开，火上浇油。没多久，温庭筠又被贬官了。到了第二年，温庭筠就去世了。

当我们把他的诗词放回他的一生去看，才看懂了他。脂浓粉香、艳色芳情，这些花间婉约的精美小词，掩不住他内心的正直与峥嵘。

天堑无涯。
市列珠玑，户盈罗绮，
竞豪奢。
重湖叠巘清嘉，有三秋桂子，
十里荷花。
羌管弄晴，菱歌泛夜，
嬉嬉钓叟莲娃。
千骑拥高牙，乘醉听箫鼓，
吟赏烟霞。
异日图将好景，归去凤池夸。

19

《望海潮》：拧巴才子笔下的美丽杭州

望海潮　柳永

东南形胜，三吴都会，

钱塘自古繁华。

烟柳画桥，风帘翠幕，

参差十万人家。

云树绕堤沙，怒涛卷霜雪，

杭州是个好地方，人人皆知。历代写杭州的诗词歌赋，可谓汗牛充栋。这么一个美丽的城市，柳永写的，跟别人笔下的又有什么区别呢？

我们先看柳永的写法。《望海潮》词调始见于《乐章集》，为柳永所创的新声。

“东南形胜，三吴都会，钱塘自古繁华。”从古到今，杭州都是一个繁华的地方。它的地理位置处于东南，在历史上属于三吴的都会。

紧接着写风景。“烟柳画桥，风帘翠幕，参差十万人家。”柳树如烟，江河湖海桥梁如画。挡风的帘子，还有那青翠的帐幕，高低参差不齐的十万人家，显得错落有致精致玲珑。树木繁茂，高耸入云，围绕着钱塘江的沙堤，波涛汹涌，卷起一阵阵霜雪一般白的浪花。

“云树绕堤沙，怒涛卷霜雪，天堑无涯。”这是说江面宽阔，一眼望过去，看不到边。

“市列珠玑，户盈罗绮，竞豪奢。”城市的市集上，陈列着珠宝，琳琅满目，那家家户户还堆满了绫罗绸缎。这些富庶人家还斗富比阔，看谁家更奢华。

“重湖叠巘清嘉，有三秋桂子，十里荷花。”湖光山色，重叠清幽，风景上佳。秋天桂香弥漫，夏天十里荷花。江南的美，也很壮观。

古时候的将军旌旗，在竿上拿象牙来装饰，所以叫牙旗。“千骑拥高牙，乘醉听箫鼓，吟赏烟霞。”意思就是，成百上千的骑兵，拥挤跟随着高举的大将军牙旗。形容这个人的尊贵职位高。借着醉酒之意，欣赏箫鼓音乐，歌颂吟唱风光山水烟霞。

“异日图将好景，归去凤池夸。”这句的意思是，找个日子把这美好风景画成图画，等到以后回到京城，要向朝中的人炫耀夸赞。凤池，就是指皇宫中的凤凰池，代指朝廷。

柳永的笔法极为精准。一个城市最厉害的地方，是有人。有人才有一切，是繁华热闹万丈红尘的基础。十万人家是个概数，充分说出了杭州的居民人数众多，社会发达。但是光有人多还不够，还要看单独的一家人是不是很富裕。杭州的群众，不仅仅是富庶，甚至已经到了家家户户经济条件都不错，攀比竞争富贵的地步。用我们现在的经济学来说，人均收入也高。这才是真正的富庶。

说到这里，想起一个有趣的细节。我很喜欢江南风景，所以常常跑过去旅行。苏州和杭州并列，被称为“上有天堂，下有苏杭”。我在苏州就看见当地的宣传横幅直接说，“藏富于民，数一数二”。

那些精致的讲究，舒适的享受，漂亮的点心，都与当地的经济条件密切相关。气候，地理环境，水土，商业贸易发达，都是上佳的。这样的综合优势，孕育出富裕之城。

当然了，柳永并没有过于夸大其词，江浙的富庶，在宋代的很多文人笔下，都有体现。

不过，柳永也不是平白无故就忽然来了兴致，对着杭州大唱赞歌。

南宋罗大经的《鹤林玉露》中记载，柳永的这词，是献给当时任两浙转运使的孙何的。那个千骑所拥的“高牙”，就是指孙何。

柳永与孙何，一个是布衣才子，一个是高官，虽然有交往，但地位并不平等。年轻的才子柳永，这么主动热情写词拜谒，很大程度上，是为了仕途上寻求帮助。

柳永的命运转折，就是他的代表作《鹤冲天》。

公元1009年，科考春闱，柳永兴冲冲去参加，他对自己很有信心。然而，当时的宋真宗，特别讨厌浮夸文风。《宋史·真宗本纪》里记载，真宗下诏“读非圣之书及属辞浮靡者，皆严谴之”。

初试落第的柳永大发牢骚：

『黄金榜上，偶失龙头望。
明代暂遗贤，如何向。
未遂风云便，争不恣狂荡。
何须论得丧？
才子词人，自是白衣卿相。
烟花巷陌，依约丹青屏障。
幸有意中人，堪寻访。
且恁偎红倚翠，
风流事，平生畅。
青春都一饷。
忍把浮名，换了浅斟低唱！』

都说文人骚客。这个“骚”字，有时候当文才风流来理解，比如“各领风骚数百年”；有时候当发牢骚来讲，比如“牢骚太盛防肠断”。

柳永这个人，才华高，两个意思一起讲。发了牢骚，也鼓吹了风流。

考试失败，没上榜，没法进入主流社会的官员体制，变成了边缘外的文士。柳永觉得自己是遗贤，是一颗闪闪发光的明珠，还没得到赏识。不能登上庙堂，那就江湖飘零，“赢得青楼薄幸名”。

反正大好青春，太过短暂，不如挥霍到烟花柳巷当中，跟那些风流妓女们倚红偎翠。这话说得太嚣张，当然是飞快传开了。

他是太过在乎，所以忍不住发牢骚。一代才子，自视甚高，觉得自己是白衣卿相，又要给自己挽回面子，找台阶下，干脆嚷嚷出“忍把浮名，换了浅斟低唱”。

公元 1015 年，大中祥符八年，柳永再度参加礼部考试，再度落第。过了三年，柳永在天禧二年间，第三次参加科举考试。他还是没考上。

到了天圣二年，公元 1024 年，柳永已经 40 岁了。人到中年，他最后一次挣扎，第四次赴考。

这时候已经是宋仁宗的时代，他早就听闻柳永的那首词作《鹤冲天》。这词别人听了，不能怎么样，皇帝听了，心里特别不高兴。这就是在间接抱怨皇帝有眼无珠，荒废了人才。

仁宗说：“且去浅斟低唱，何要浮名。”

这一次，同样没有例外，他又落第了。皇帝的话，相当于终审判决，看来，柳永的仕途前程算是彻底没戏了。只有走上另外一条路，成为民间文人。他自嘲自己是“奉旨填词柳三变”。

真不在乎功名，何必如此拧巴？

心灰意冷的柳永，选择离开京城。在与他的情人分别之际，写下了那首千古闻名的《雨霖铃·寒蝉凄切》。

一直到景祐元年，这年是公元1034年，宋仁宗特开恩科，给那些考场失意的文人又一次机会。柳永听到了消息赶紧前往京城，这年春闱，柳永终于登上进士榜，授官睦州团练推官。

此时的柳永，已经50岁了。

晚年考中进士，柳永真可谓高兴极了，填词《柳初新》，一洗过往的缠绵黯淡：

『别有尧阶试罢。
新郎君、成行如画。
杏园风细，桃花浪暖，
竞喜羽迁鳞化。
遍九阳、相将游冶。
骤香尘、宝鞍骄马。』

新科进士们欢喜无比，仿佛道士羽化登仙，又如鲤鱼跃龙门，春风得意。

当上了官的柳永，在接下来的十年里，政绩口碑皆不错，民众爱戴。他的人生下半场，虽然升迁难，也未能做成大官，但也算得偿所愿。那些与他同时代中进士的人，也许很多人官职比他高，但最终青史留名的是柳永。

回望他年少时候的才华洋溢，他的那一颗热切盼求功名的心，真令人不胜唏嘘。

而我们记得他，当然不是因为他考中进士当上了官，而是因为他的词：笔下的杭州，那么美丽，“三秋桂子，十里荷花”；他笔下的分别，那么感人，“寒蝉凄切，对长亭晚，骤雨初歇。……杨柳岸，晓风残月。此去经年，应是良辰好景虚设。便纵有千种风情，更与何人说？”；他笔下的真情真意，那么矢志不渝，“衣带渐宽终不悔，为伊消得人憔悴”。

彩舟云淡，星河鹭起，
画图难足。
念往昔，繁华竞逐，
叹门外楼头，悲恨相续。
千古凭高对此，谩嗟荣辱。
六朝旧事随流水，
但寒烟衰草凝绿。
至今商女，时时犹唱，
后庭遗曲。

20 《桂枝香·金陵怀古》：怀古不靠谱帝王的荒唐往事

桂枝香·金陵怀古　王安石

登临送目，正故国晚秋，天气初肃。千里澄江似练，翠峰如簇。归帆去棹残阳里，背西风，酒旗斜矗。

开篇写风景，登临观览，正是在秋天。故国是指旧时的都城——金陵。天气刚刚有了萧瑟的意味。

“千里澄江似练，翠峰如簇。归帆去棹残阳里，背西风，酒旗斜矗。”清澈的千里长江如同一条白布，翠绿的山峰层层叠叠，仿佛簇拥在一起。早出晚归，傍晚的船只返回途中，夕阳残照，西风中，斜飘的酒旗也被吹得直立高耸。

“彩舟云淡，星河鹭起，画图难足。”星河在这里是比喻长江。五彩斑斓的舟船，出没在疏淡的云水烟雾中。白鹭在江水里时而飞起时而停歇觅食。这样的大好江山，画图也难以描绘其美丽多娇。

看着江山如此多娇，尤其是脂粉金陵，分外妖娆，王安石的心中却沉甸甸:“念往昔，繁华竞逐，叹门外楼头，悲恨相续。”他想到的是，这繁华中，有过无数的灭亡。

门外楼头是个悲剧典故，说的是南朝陈的亡国故事。出自唐朝诗人杜牧的《台城曲》：“门外韩擒虎，楼头张丽华。”韩擒虎是隋朝的开国大将，他已带兵攻打金陵城，已经杀到了朱雀门外，而陈后主还在和他的宠妃张丽华醉生梦死。词中提到的“后庭遗曲”，全名叫《玉树后庭花》，据说就是陈后主创作的。

这是多么可怜可悲又狼狈可笑的一幕。亡国之君，可怜之人总有可恨之处。他的江山丢了，还是要怪他自己昏庸无能，只知道寻欢作乐。

南京这个地方，又叫石头城、金陵城。虎踞龙盘，六朝古都，是个非常有帝王之气的地方。东晋以及南朝的宋、齐、梁、陈都相继在这个地方建都。

但是呢，金陵王气黯然收，秦淮河上总是弥漫着风流脂粉气，这就导致了一个非常典型的说法。王朝的衰败，跟帝王将相的沉溺于享乐，绑定在了一起。越是朝政昏庸，越是荒淫误国。越是荒淫无道，亡国之气就越浓。

这就有了“毁灭之前，必然癫狂”的哲学意味。王安石的这首词里面举的例子，就是这种癫狂故事。所以从本质上来讲，这是一首批判历史对照古今的作品。

这样的历史不止一次地出现，后世的人会吸取教训吗？秦汉三国两晋南北朝唐宋元明清，“兴亡”千古事，总在循环。开国帝王励精图治，末代帝王昏昏沉沉。就拿唐玄宗举例，前半生打造了开元盛世之后，很快安史之乱就来了。

到了宋代，内忧外患。游牧文明跟农耕文明对立。前者靠消耗劫掠为生，后者靠生产管理维系。这是人性的较量，也是文明的进程。

所以我们要看到，王安石的底色是一个大政治家，是个千古少有的变法者。漫长的农业文明，缓慢发展，不断地循环往复，朝代更迭。每一次的国家衰败，带来的是战争纷争，血肉横飞，民不聊生。

王安石熟读过去的历史，很明白王朝本身是有寿命的，如同一棵大树，有萌芽茁壮的时刻，枝繁叶茂的巅峰，也有衰败枯老的结局。他感慨万千总结历史，就是想要改造宋王朝，为大宋续命，乃至更加强盛，活得更久。

他的确是个理想主义者。他还说服了当时的皇帝，掌握了实权，大刀阔斧地干起来。所以世人对他的评价，要求更高，不仅仅要看他做事的动机，还要看他做事的结果。

因此，王安石的文学不仅仅是消遣抒情，更有王安石的政治价值观。毫无疑问，这样的王安石，他的文学主张，文学的气度，不同于别的文人。

他的《桂枝香·金陵怀古》，是一个政治家的历史观察，时代反省和总结。他是站在千年历史评价的高度去怀古的。“千古凭高对此，谩嗟荣辱。”史笔如铁，记录在案。谁是被褒赞的，谁是被贬低的？过去的王朝，过去的历史人物，他们的光荣与耻辱，老百姓有民间口碑流传，庙堂文人有著史文字来评论。

“生于忧患，死于安乐”，这个大道理人人都知道。偏偏后人总是遗忘了历史教训，忍不住又回到了人性的弱点——贪图安逸享乐之上。开国之君励精图治，中间种种荒淫嬉戏，文恬武嬉，腐败贪污，末代皇帝无力挽回。

“六朝旧事随流水，但寒烟衰草凝绿。至今商女，时时犹唱，后庭遗曲。”南京这个地方，很有意思，不管朝代兴衰，逝水流去，商女依旧是唱着《玉树后庭花》。这多么令人感慨。

正因为历史的循环，人性的失控，君王的不可靠，所以王安石才要尽人事。改革，就是企图在这人亡政息的规律中，找到一条革新之路。王安石变法，千年来褒贬不一。有人说他好大喜功，很多政策措施不接地气，劳民伤财；也有人说他高瞻远瞩，敢于革新，超越了时代。

历史是很复杂的，革新未必十全十美，有时候附带了严重的副作用。手段太超前，带来各种不适应的麻烦，造成社会损害。保守有时候苟延残喘，又往往导致糜烂到底，最终不可收拾。世事往往两难。对待王安石这样的千古卓绝优秀的人才，我们还是不要太苛责。

不管怎么样，这种尝试着折腾的人，和安于现状的保守派，再加上中间派，共同构成了我们的历史。我们才有更加丰富的历史成败经验去借鉴，去思索。超前千年前的经验，也许要到今时今日才真正匹配时代，值得参考呢！

就让我们把王安石这首怀古的巅峰词，不断重温起来，方能时时警醒。

21

《江城子》：想王弗的10086天

江城子·乙卯正月二十日夜记梦　苏轼

十年生死两茫茫，不思量，自难忘。

千里孤坟，无处话凄凉。

纵使相逢应不识，

尘满面，鬓如霜。

夜来幽梦忽还乡，

小轩窗，正梳妆。

相顾无言，惟有泪千行。

料得年年肠断处，明月夜，短松冈。

历来词中名篇，大多都是藏而不露的，字面上只写风花雪月。这首词，所有的忧伤与心碎，直白透彻，不加掩饰，扑面而来。

先让我们来回顾一般人的小半生。

在日常生活里面，人会有千头万绪的杂念和掩盖。譬如昨天喜欢一个人，今天不喜欢了，还得假装笑容。譬如出席宴席，登堂入室，端起架子来，就不像自己了。因为场地不一样。

譬如年轻男女初相识，约会的时候，你吃饭矜持如淑女，我收拾一新宛如绅士，情投意合，彼此满意；后来时间久了，男婚女嫁，进入家庭，忽而发现，彼此不再用力维持良好形象，非常放松。

伉俪夫妇一起出面，外人羡慕神仙眷侣。回到家里，人和人的性情喜好不一样，吃饭的口味，穿衣的品位，花钱的思路，读书的审美，总有差别。各种令人厌烦的小毛病冒出来，口角不和，争执落泪。还想相看两不厌？那怎么可能。

直至岁月漫长，眨眼之间，婚后多年，新婚燕尔变成老夫老妻。几十年过去，不再吵架了，夫妻磨合久了，脾气也温和了。再然后，老妻早一步病逝……这就是很多普通人的人生。

苏轼不一样，他的妻子，青年早逝。他自己，是个大才子。

古人有正妻，还有爱妾。苏轼苏东坡先生也不例外，他还有朝云等美丽可爱的女子。太太离开人间，日子还得过下去。白天的他，一代杰出文人，文采风流。哪怕仕途坎坷，也豁达对待，苦中作乐。

只有一个时刻，无从矫饰。那就是大梦初醒的那一刻。

人之为人，在于感性和理性并存。大部分时候我们用理性控制自己。而做梦，纯粹就是感性的事，根本控制不了，也无法控制。

谁能要求自己如何做梦呢？谁也不能。

梦见谁，怎么梦见，梦里如何与之相对相处，都是随缘随机的。

梦是意识的残余，也是心念的冰山。在广阔的大海上，露出了冰山的一角，而海面之下，还有庞大的冰体。

我们说日有所思夜有所梦，可实际上，人的心太幽微深邃，日间的思索不着边际，夜里忽然梦见了具体的人。

这一天的夜里，苏轼忽然梦见了亡妻，也就是这首词的女主角——王弗。

往事顿时如大雪纷飞，铺天盖地，落到了苏轼的梦里。

古代女子出嫁时间比现代人早很多，十五岁就叫及笄 (jī) 之年。苏轼还写过一首《李铃辖座上分题戴花》诗：“二八佳人细马驮，十千美酒渭城歌。”

苏轼 19 岁，年方 16 岁的王弗就在最好的青春年纪，嫁给了他。从此她陪着苏轼建立了一个家庭，进入苏轼的生活。

王弗是苏轼的结发之妻，出身于书香门第，不是寻常的女子，幼年就读书识字，诗书皆通。

古代社会倡导女子无才便是德，小心翼翼提防女子有文化，怕她们因此不甘心做贤妻良母。其实，女子们心中有爱，是为了爱，懂文化，也甘愿相夫教子。文化修养的匹配，令王弗跟苏轼有很多共同语言。

苏轼会客高谈阔论，王弗在幕后听了，回过头会告诉苏轼她的判断和想法。于是传下来“幕后听言”的美事。这对青年夫妻，很聊得来。

恩爱夫妻，有情有趣，才会如此这般。

人的感情，就是这么日积月累的。从相恋相知相许，再到一起生活，渐渐达成默契，心有灵犀，一个眼神就会意。

王弗 16 岁嫁给苏轼，27 岁病逝。

在王弗去世后，安葬到苏轼的父母——苏洵夫妇的坟墓旁边。苏轼是个孝子，在父母的墓地附近亲手种了很多松树。

丧亲之痛，往往在当时当下，并不浓烈。因为这种苦痛，是有滞后性的。成年人都应该有所体会。我的祖母去世时，办理后事的过程特别繁复匆忙，我作为长孙，捧灵牌摔火盆，应酬交接往来，简直间不容发。那几天，想哭也哭不出来。

直到大半年后，在夜里写作，肚子饿了，打开冰箱看到韭菜饺子，骤然想起幼年我感冒严重，祖母问到偏方，拿韭菜兑上麻油，给我揉搓腹部。回忆径直袭来，我难以自控，大半夜，看着饺子，当时就潸然泪下。

人同此心，情同此理。

亲人爱人去世，总是葬在远处。对于苏轼来说，是“千里孤坟”。因为夫妻往往合葬同穴，王弗在坟中，是孤独的。这种伤心凄凉，无处可说。白昼当中，我们没法挂在嘴上，这事太私密。

王弗永远停留在 27 岁那一年，不会再老去。而写下这首词的这一年苏轼 40 岁。一个准中年男子，开始走向老年。

还在人世间打滚，艰难求生，颠沛流离的，是他苏轼，他已经“尘满面，鬓如霜”。他怕妻子已经认不出衰老的自己。

夜深人静，正是人的内心最为柔软脆弱的时刻。不需要对任何人设防，那一刻大梦初醒，恍惚之间，理性来不及掌握我们的心智，就是我们最诚实的时刻。再隐蔽的心事，也袒露出来。

苏轼是梦醒了，在回忆记录自己的梦境所见。“夜来幽梦忽还乡”，苏轼梦到了什么？他梦到了“小轩窗，正梳妆”。一个丈夫对妻子印象最深刻的，往往就是清晨醒来，目睹妻子对着窗，梳洗打扮化妆。那一刻，镜中的女子，眉目画黛，面颊胭脂。

可是人在梦中，也知道彼此已经阴阳相隔。他和她，夫妻一场，三千多个日日夜夜，有着无数细节：花前月下，执手同行，起居饮食，伤春悲秋，柔情蜜意，谈诗论文，喜获孩子，病床陪伴……最后生离死别。

所以，只能“相顾无言，惟有泪千行”。

无言，恰恰是因为记忆太多，思念太深，千言万语无从说起。

对梦境的回忆，浓缩为这样一幅画面。夫妻对坐，面对面，忘了说话，甚至梦里王弗都没能问上一句：你还好吗，夫君？

苏轼也没有回答上一句：我很好，你放心。

此时无声胜有声。不要紧，眼泪流过，万分刺痛的心也会渐渐平复。当悲痛化为平静，感情就真正内化了，王弗已经长住在他心间。

这个时间段，不会超过半个小时。他诚实地面对了自己的心。好作品不是写出来的，是心里有真情，自然而然流淌出来的。

天还没亮，还是深夜。但苏轼清醒了，他想起来，他心爱的妻子，不久前梦见的王弗，就安葬在故乡种满松树的山冈，此时此刻，明月也静静地照着山冈。

苏轼的哀伤，从此永恒。

22

苏轼：精致坡叔，人见人爱

念奴娇·赤壁怀古 苏轼

大江东去，浪淘尽，千古风流人物。
故垒西边，人道是，三国周郎赤壁。
乱石穿空，惊涛拍岸，卷起千堆雪。
江山如画，一时多少豪杰。
遥想公瑾当年，小乔初嫁了，雄姿英发。
羽扇纶巾，谈笑间，樯橹灰飞烟灭。
故国神游，多情应笑我，早生华发。
人生如梦，一樽还酹江月。

宋词最颠覆性的一场革新，就是豪放派的崛起。从唐朝开始，婉约一直是词的主流。到了宋代，豪放派逐渐抬头。一直等到苏轼横空出世，写出了这首《念奴娇·赤壁怀古》，令豪放派和婉约派双峰对峙，并驾齐驱。

豪放的本意是豪迈奔放，形容一个人气魄大，又不拘小节。当时苏轼问一个幕僚，自己的词怎么样？幕僚回答："柳郎中词，只合十七八女郎，执红牙板，歌杨柳岸晓风残月。学士词，须关西大汉，铜琵琶、铁绰板，唱大江东去。"

这首千古名篇为我们证明了两件事情。

苏东坡为我们证明了，有才华的人，怎么样都能写出好作品。即便是他看到的山水并不是当年的真实场地。宋神宗元丰三年，苏轼被贬为黄州团练副使，他怀古的赤壁，其实是黄州的赤鼻矶，在今天的黄冈市内。三国古战场的赤壁之战发生在蒲圻县，也就是今天的赤壁市。

苏轼搞错了地点，但这完全不妨碍词作的文学价值。何况他还用了一个不确定的说法"人道是"。他果然是不拘小节。这也是我一直以来所强调的文学观点。文学创作有其自身的规律，它并不是历史记录，也不是僵硬死板地必须完全吻合历史。

苏轼的这首诗写于公元 1082 年，在同时代洪迈的《容斋续笔》卷八的"诗词改字"里面却记录了另外一个版本——向巨原云："元不伐家有鲁直所书东坡《念奴娇》，与今人歌不同者数处，如'浪淘尽'

为‘浪声沉’，‘周郎赤壁’为‘孙吴赤壁’，乱石‘穿空’为‘崩云’，惊涛‘拍岸’为‘掠岸’，‘多情应笑我早生华发’为‘多情应是笑我生华发’，人生‘如梦’为‘如寄’。”

这为我们证明的第二件事，就是真有才华的人写出好的作品，也需要修改完善底稿。

通过那份底稿，更能够窥探到苏轼的内心世界。站在黄州的江边上，看着江水东流，浪涛滚滚，自然会想起历史上的那些人物。虽然此赤壁，非彼赤壁。

三国鼎立时期，涌现出无数的英雄豪杰、聪明才智之人。孙权是三国历史上响当当的男主角之一，以至于后世的人感慨，生子当如孙仲谋。

但是孙权称帝，就不再是人臣了。苏轼不可能拿他来跟自己对比。虽然孙权特别重要，但是在苏轼所联想起来的三国中，至少在这一刻，他心目中的重要人物不是孙权。

“三国孙吴赤壁”改成了“三国周郎赤壁”，这是极为明确化了。从国家政权想到个人命运。

“浪声沉”，这是非常写实的描写。长江的浪涛声势浩大，迎面压过来，给人以沉重的感觉。苏轼的心情，其实也是格外沉重的。

但是改成“浪淘尽”，顿时变成了写虚。大浪淘沙，多少风流人物，都如同这江水当中的流沙。历史与眼前的现实，极其触动人的深思。人生一世，草木一秋，倏忽而过，谁留下来被记住？谁淹没了被遗忘?

这是不甘平凡的人，心中的终极价值观疑问。

后面多出的这个“早”字，深深地说出了苏轼心中的失意。想想人家周公瑾，青年才俊，事业与爱情双丰收。周公瑾“雄姿英发，羽扇纶巾。谈笑间，樯橹灰飞烟灭”，多么意态洒脱、风度翩翩。跟周瑜一比，苏轼回头想想自己，年纪开始老了，提早有了白头发，更加唏嘘。

其实每每读到这几句，我心里都会感叹，苏轼这样的千年大才子，向往的也是内外兼顾，既要仪表好，也要有才华。渴望建功立业，同时也想要美人相伴。可见苏轼骨子里的率真坦诚，不加掩饰。

然而周瑜虽近乎完美，却英年早逝，又令我们“叹人间美中不足”。尽管江山如画，江上的明月清风，一等一好风景，但周瑜没有闲工夫欣赏了。

一路被贬官的苏轼，三番五次因言罪获，差一点被皇帝砍了脑袋，运气好才死里逃生。看着这千年的山水，难免感慨世事一场大梦，人生几度秋凉。

所以他除了这首词《念奴娇·赤壁怀古》，还有耐人寻味的《前赤壁赋》和《后赤壁赋》。

《前赤壁赋》的内容非常典型，文人结伴游山玩水:

『壬戌之秋，七月既望，
苏子与客泛舟游于赤壁之下。
清风徐来，水波不兴。
举酒属客，诵明月之诗，歌窈窕之章。
少焉，
月出于东山之上，徘徊于斗牛之间。
白露横江，水光接天。
纵一苇之所如，凌万顷之茫然。
浩浩乎如冯虚御风，而不知其所止；
飘飘乎如遗世独立，羽化而登仙。』

没多久月亮出来了，缥缈如在仙境中。

于是叩船舷打着拍子唱歌，还有客人会吹洞箫，跟着歌伴奏。那箫声“呜呜然，如怨如慕，如泣如诉”。

苏轼听了特别揪心，问客人怎么了。客人就回答，你看这地方，曹操当年何等盖世英雄，被周瑜困住。那么壮烈的场景，如今都烟消云散。想想人生，“寄蜉蝣于天地，渺沧海之一粟。哀吾生之须臾，羡长江之无穷。挟飞仙以遨游，抱明月而长终。”

苏轼就安慰起客人来：“客亦知夫水与月乎？逝者如斯，而未尝往也；盈虚者如彼，而卒莫消长也。盖将自其变者而观之，则天地曾不能以一瞬；自其不变者而观之，则物与我皆无尽也，而又何羡乎！且夫天地之间，物各有主，苟非吾之所有，虽一毫而莫取。惟江上之清风，与山间之明月，耳得之而为声，目遇之而成色，取之无禁，用之不竭，是造物者之无尽藏也，而吾与子之所共适。”

明月阴晴圆缺，江水逝者如斯，此消彼长，本来就是天之道。有什么可羡慕的呢？天地万物，各有其主宰，不归我们私有。你看这明月清风，取之不尽用之不竭，就是造物主的宝藏，让我们来享受。

“客喜而笑，洗盏更酌。肴核既尽，杯盘狼藉。相与枕藉乎舟中，不知东方之既白。”

苏轼的安慰很有效，客人从悲伤转为喜悦，一起吃喝玩乐，杯盘狼藉，酒足饭饱，就在船里相互枕着睡了，天亮了都不知道。

大家看看，我们的东坡居士是多么会安慰人。可是，我却要问一句为什么？谁又是生来如此通情达理善解人意呢？

他这么会安慰别人，恰恰是因为他很擅长安慰自己。江湖飘零，无限心酸哀叹，多次历经生死边缘，不得不学会自我宽慰，自己开解自己。

在《后赤壁赋》里，苏轼又带了两个客人，携酒与鱼，一起出发，故地重游。

但这次，“予乃摄衣而上，履巉岩，披蒙茸，踞虎豹，登虬龙，攀栖鹘之危巢，俯冯夷之幽宫。盖二客不能从焉。划然长啸，草木震动，山鸣谷应，风起水涌。予亦悄然而悲，肃然而恐，凛乎其不可留也。反而登舟，放乎中流，听其所止而休焉。”

他的诗词，是他提炼自己的苦痛产出的珍珠。多少人读他的诗词，就是用来慰寂寥。“人生如梦，一樽还酹江月。”

他抚慰着别人，谁来抚慰他呢？答案是，天地万物，还有弟弟苏辙，那些亲密的老朋友，在抚慰着他。他无数次出入寺院，诞生了大把大把的题诗。跟大和尚佛印频繁往来，参悟人生无常的禅味。他一生无数次给弟弟写信，唱和诗词。

除了获得亲朋好友的关爱，他还有一个伴随一生的兴趣爱好。正所谓美食能解千愁，他喜欢吃，还很会吃，能发明新菜谱。吃着吃着就胖了。这个大胖子，挺着大肚腩。他有一首诗《宝山昼睡》：“七尺顽躯走世尘，十围便腹贮天真。此中空洞浑无物，何止容君数百人。”

他的随遇而安、豁达与包容，都是他自己苦中作乐，吃吃喝喝，所修炼出来的本事。他把自己个人的哀愁，放到天地之间去衡量，以巍峨的大手笔，写出了豪放词，也完成了对自己的救赎。

这么一路看下来，你会发现，苏东坡太值得喜欢了。他没什么架子，他温柔，深情，又多肉。最后，连他的政敌，也回到了他的身边。晚年的王安石和苏东坡，一个是退休宰相，一个是被贬小官，相逢在江宁，也就现在的南京。两个人一起游山玩水，谈谈诗文，说说禅理。可见他们的胸怀。

人间幸好有苏轼。

23 苏辙、苏轼：老干部与大才子

试问：有个旷古绝今的大才子哥哥是什么感受？

都说苏轼是个弟弟控，不停给弟弟写诗填词，还篇篇千古名篇。其实，原因也简单。虽然他们俩兄友弟恭，堪称楷模，但他们的人生风格，一个是老干部，一个是大才子。

苏辙的诗文跟苏轼一比，两个人完全颠倒。弟弟老气横秋，哥哥情感丰富。苏轼这个哥哥更加依赖苏辙。苏轼生于 1037 年，苏辙生于 1039 年，只差两岁。

苏辙写《诗病五事》，嘲遍李白、白居易、韩愈、孟郊这些人，批李白“华而不实，好事喜名，不知义理之所在也”，又评“唐人工于为诗而陋于闻道”。

这么一个讲究文以载道的人，李白韩愈都不放在眼里，俨然代表了主流文学观。比哥哥苏轼小两岁算什么呢！气场这种事，向来不论年纪。

就说李白杜甫，李白年纪比杜甫大，但李白就一副浪荡嘴脸，诗写得好，人是天才，但老让人觉得没长大似的，不靠谱。杜甫就给人忧国忧民、成熟稳重的感觉。

说到这儿，想必你猜到了，没错，苏辙讥笑李白华而不实，赞美杜甫："予爱其词气如百金战马，注坡蓦涧，如履平地，得诗人之遗法。"

那苏轼本人又是什么文学观呢？

苏东坡被贬官贬到海南的时候，有人找他写作秘诀，苏轼就直接说了："儋州虽数百家之聚，州人之所须，取之市而足，然不可徒得也。必有一物以摄之，然后为己用。所谓一物者，钱是也。作文亦然，天下之事，散在经子史中，不可徒使。必得一物以摄之，然后为己用。所谓一物者，意是也。不得钱不可以取物，不得意不可以用事，此作文之要也。"

这个意思就是，写作就像搞经济建设一样，经济建设靠钱来运转流通。写作，靠"意"来统摄。

我心中怎么想就怎么写，我有悲欢就写悲欢，诗酒趁年华。写作主要是表达我的真情实意，我不要跟别人雷同。

看看，苏辙追求的是"载道言志"，苏轼讲究的是"抒情达意"。弟弟很正统很主流，哥哥只在乎真性情，行云流水，我要手写我心。

苏轼给他的朋友鲜于子骏写信："所索拙诗，岂敢措手！然不可不作，特未暇耳。近却颇作小词，虽无柳七郎风味，亦自是一家。呵呵！数日前猎于郊外，所获颇多，作得一阕，令东州壮士抵掌顿足而歌之，吹笛击鼓以为节，颇壮观也。写呈取笑。"（《与鲜于子骏书》）

翻译一下：我最近很是写了几篇小词，我写的词，虽然没有柳永的风味，但毕竟都叫词，始终还是一家的。呵呵哒！前几天打猎，写了一首，可以让壮士大汉来唱，击鼓吹笛伴奏，很壮观哟！

苏轼是很认真地在搞他的填词创作的。不跟别人比，就跟那个写得号称最好的婉约派老大柳永比比看，不过他写的杨柳岸晓风残月，十七八岁女孩子执红牙板唱。我写的，得找关西大汉拿铜琵琶、执铁绰板，唱大江东去。

这相当于今时今日的你找王菲，我请刘欢。婉约也好，豪放也罢，都是一家人，都是优秀文艺工作者。帝王将相会湮灭，才子却不会。苏轼很明白自己的文学才华是有极高价值的，他的诗词成就，足以使他不朽。

苏轼苏辙都是学而优则仕，但苏轼是文人当官，苏辙是官中文人。苏辙作《怀渑池寄子瞻兄》：

相携话别郑原上，
共道长途怕雪泥。
归骑还寻大梁陌，
行人已度古崤西。
曾为县吏民知否？
旧宿僧房壁共题。
遥想独游佳味少，
无言骓马但鸣嘶。

兄弟两个人都已经中第当官，名满天下。忆苦思甜，苏辙想的是行道难，自己以前差一点就当上了县吏，当地人民不知道呢！我们一起住在僧人奉闲那里，一起在房屋的墙壁上题写诗歌。

苏辙19岁时曾被任命为渑池县主簿，但他中了进士，就没上任。说实话，这诗还算是苏辙写的真情实感之作，毕竟人到中年喜欢怀旧。

这诗立刻勾出了苏轼的名篇《和子由渑池怀旧》：

人生到处知何似，
应似飞鸿踏雪泥。
泥上偶然留指爪，
鸿飞那复计东西。
老僧已死成新塔，
坏壁无由见旧题。
往日崎岖还记否，
路长人困蹇驴嘶。

同一个怀旧引子，大家一起经过的河南渑池县，弟弟想的是人间当官事，曾经躺过的雪泥，走过的长路，两兄弟一起写诗的温情。才子哥哥苏轼一下子就想到天上去了，飞鸿踏雪泥，偶然留下痕迹，哪管东南西北。

苏轼的路子是鲍照的“泻水置平地，各自东西南北流。人生亦有命，安能行叹复坐愁？”。在苏轼心里，老和尚死了，新的灵骨塔就立起来。墙壁朽坏了，以前题的诗就看不见了。

弟弟找哥哥怀旧，哥哥跟弟弟谈起人生来。才子啊，往往就是这么的思路发散。

同样是思念亲人，《水调歌头》苏轼写：“丙辰中秋，欢饮达旦，大醉，作此篇，兼怀子由。”“人有悲欢离合，月有阴晴圆缺，此事古难全。但愿人长久，千里共婵娟。”

这个人，是关心全人类。

而苏辙写的《水调歌头·徐州中秋》是：

『离别一何久，七度过中秋。
去年东武今夕，明月不胜愁。
岂意彭城山下，同泛清河古汴，
船上载凉州。
鼓吹助清赏，鸿雁起汀洲。
坐中客，翠羽帔，紫绮裘。
素娥无赖，西去曾不为人留。
今夜清尊对客，明夜孤帆水驿，
依旧照离忧。
但恐同王粲，相对永登楼。』

苏辙弟弟跟苏轼哥哥一起过了个中秋佳节，然后一个去江苏徐州，一个去河南。分别在即，苏辙担心以后像王粲那样，不能返乡再见。这个典故用得特别吓人，隐藏着深深的忧思。王粲是建安七子之一，也是有名的才子。在建安二十二年的春天，王粲在返回邺城途中病逝，活了41岁。

看看时间线，1076年，苏轼写了“明月几时有”思念弟弟；1077年的春天，苏轼和苏辙难得碰头了，一起过了中秋后再分手。于是苏辙也写了一首水调歌头。

这一年是宋神宗熙宁十年，苏轼刚好41岁。一个“恐”字，可以窥探到苏辙的内心世界：多愁多病多坎坷的哥哥，他实在放心不下，他这是为苏轼操碎了心——哥哥呀，今夜我不关心人类，只关心你。

大家体会到老干部和大才子之间的差别了吗?

老干部在意宦海浮沉，关怀的是经世致用，惦记的是兄弟安危。

才子则看透人生变幻无常，感情澎湃，动不动上升到终极感叹、关心人类的高度。

苏轼就是大才子哥哥，苏辙是个老干部弟弟。老干部的文学品味是不喜欢才子腔调的，但长幼有序兄弟情深，不会去苛责。

苏辙这种聪明剔透的人，一脸谦虚，口口声声说，自己写东西主要是向父亲苏洵哥哥苏轼学习。但是，文学口味都不一样，学个啥子嘛！不过，他的才子哥哥却对老干部弟弟特别寄情依赖。

写起退休生活，苏辙笔下是：

『早岁吟哦已有诗，
年来七十才全衰。
开编一笑恍如梦，
闭目徐思定是谁。』

『栽竹种松桧，
十年未成阴。
昔人定知我，
为我养南林。』

百分之百老干体。

在当时他们那个文学圈子里，欧阳修是诗词大家、文坛宗主，写了不少超级流行的诗词。秦观、黄庭坚也不说了，个个都有清词丽句，美妙无比。就连苏轼觉得写诗词太说教的王安石，都有不少流传千古的好句子。

其实苏辙也关心民间疾苦，也有应酬往来，抒发人生，但他的诗词写得实在很一般，翻遍他的诗词，愣是找不到什么脍炙人口黯然销魂的流行金句，想引几句我也做不到。

不过，苏辙的策论写得很厉害，堪称政治笔杆子。他的《六国论》，专门分析天下大势。连金圣叹这种毒舌写手都夸奖，雄才大略康熙大帝都表扬。

苏辙活到70岁以后，这个时候，他的哥哥苏轼已经逝世十年左右。此刻，门下弟子给他祝寿，他就写了一首《渔家傲·和门人祝寿》：

“七十余年真一梦。朝来寿斝儿孙奉。忧患已空无复痛。心不动。此间自有千钧重。早岁文章供世用。中年禅味疑天纵。石塔成时无一缝。谁与共。人间天上随他送。”

感慨是感慨，但这口吻，真的又是一篇老干部诗词。内容的意思是，人生活了七十多年，真是大梦一场，子孙满堂给我敬酒，过去的忧患都没了，此心安稳，如有千钧石。年轻时候写文章想着经世致用，中年坎坷信了佛。老来，吾谁与归共游？无所谓了。

怎么讲呢？一句话总结：最美不过夕阳红，温馨又从容。

我这么说，可没有讽刺苏辙的意思。苏轼这样的才子，有一个老成持重的弟弟在心灵上作为依仗，实在是一种福气。

苏轼一生大嘴巴，爱说爱写爱批评，闹出事坐牢了，老成持重的弟弟苏辙就为亲哥奔走营救。《为兄轼下狱上书》，痛彻心扉找皇帝求情。

一起长大，一起读书，一起考试，一起当官，苏轼活着，苏辙跟他书信诗词唱和了一辈子。苏辙说哥哥苏轼：“抚我则兄，诲我则师。”苏轼如此看弟弟苏辙：“岂独为吾弟，要是贤友生。”

人生自是无安定，幸有兄弟慰寂寥。哪怕文学意趣截然不同，哪怕人生愁云密布忧患多，哪怕千夫所指万人攻击，哪怕小舟从此逝，江海寄余生，哪怕妻子早亡，爱妾病逝，自身飘零，只还有这个弟弟在，苏轼就不会觉得孤立无援。

24

黄庭坚：不想当烦人的小官了，我要当神仙

登快阁　黄庭坚

痴儿了却公家事，
快阁东西倚晚晴。
落木千山天远大，
澄江一道月分明。
朱弦已为佳人绝，
青眼聊因美酒横。
万里归船弄长笛，
此心吾与白鸥盟。

忙忙碌碌陷入世俗奔波中的人，都会有这种感慨。在陶渊明看来，就是“误落尘网中，一去三十年”。唐代的刘禹锡，就是“无丝竹之乱耳，无案牍之劳形”。对于宋代的黄庭坚来说，就是“痴儿了却公家事”。

不管是为了功名利禄，还是为了报效国家，波澜壮阔的历史巨变时刻始终是少数，更多时候，从汉唐到两宋，流水一般的日子里，烦琐的行政公务，永远都做不完。

公家的事，有一套固定的程序，等因奉此，案牍堆积，那密密麻麻的文字看得人眼花缭乱。当皇帝的，要看那些永远看不完的奏折；当大臣的，要操心那些永远忙不完的政务军情；当小官吏的，上传下达，领导圈阅批示，层层推行。越是地方小官，越多官样文章，日常应酬，琐碎烦人，消磨人的意气。

即便是忧国忧民，我们仍然要把日常的生活过下去，自己寻找一点消遣。

这个时候怎么办呢？当然就是自己给自己放个假。所谓“偷得浮生半日闲”，把公家的事办完，赶紧抓紧时间，去游山玩水，欣赏名胜风景。身上有任职，远的地方自然是去不了，但是神州大地处处好风景，哪里不能够享受呢。黄庭坚当时就是在江西当一个知县。忙完了事儿就近去快阁游玩。

山水的清朗爽目，就是最好的放松，也是对身心最好的滋养。快阁这个名字，就是因为登上阁楼可以远眺赣江，天高地阔，风从江面吹来，令人心旷神怡，通畅爽快。

按照诗里所写的，黄庭坚欣赏到的是夕阳落山时分的晚晴。这说明他是下班以后才去的快阁。登楼后，从高处抬眼望去，但见千山落木，也就是深秋时节。树叶都落了，山林变得空旷疏朗，视觉上缩小了，于是反衬得天空高远阔大。暮色中月亮升起来，映在赣江上。月色光辉鲜明，江水澄澈清透，两者交相辉映之下，月亮更为分明，江水更为清澈。

快阁位于江西吉安。吉安那个地方我去过，还在市区附近的山间住过一个星期。山黛绿水清朗，如水墨画卷。

“朱弦已为佳人绝，青眼聊因美酒横。”这两句显露出了黄庭坚的文人本色，开始用典故了。

第一个典故是伯牙和子期的故事。相传，伯牙和子期在汉阳相遇，一个弹琴，一个听琴。伯牙鼓琴，心里想着高山，钟子期说：“善哉，峨峨兮若泰山。”当伯牙志在流水时，钟子期又说：“善哉，洋洋兮若江河。”于是诞生了高山流水遇知音这个佳话。后来，这对知己的情况在《吕氏春秋·本味》里记载：“钟子期死，伯牙破琴绝弦，终身不复鼓琴，以为世无足复为鼓琴者。”意思就是，知音人死了，再没有谁值得自己弹琴了，于是破坏了琴，弄断了弦。

《晋书·阮籍传》：“籍又能为青白眼，见礼俗之士，以白眼对之。及嵇喜来吊，籍作白眼，喜不怿而退。喜弟康闻之，乃赍酒挟琴造焉，籍大悦，乃见青眼。”

这个籍，就是历史上很有名的竹林七贤之一阮籍。

这段话的意思是，阮籍这个人很会翻白眼。看到繁文缛节的俗气人，就翻白眼，以表示轻蔑和不喜欢的意思。看到带着酒、携着琴的人来拜访他，他就很高兴，拿正眼看人。青色的本义是青绿色。古人的青眼，指的我们的黑色眼珠。

这里涉及一个古代颜色名字的知识。古人诗文里的诸多色彩，跟现代人的色彩不一样。比如月白色，是指月亮的颜色，但月亮不是纯粹的白色，而是带有一点浅蓝。所以月白色指的淡蓝色。

聊是聊且、姑且的意思。昔日知音去世，伯牙绝弦；雅士到访，阮籍青眼。提这两个典故，可见黄庭坚格外寂寞了。感叹无人欣赏自己的高格调。

这暮色时候的月下山水固然好，但黄庭坚被贬到小城当县令。“万里归船弄长笛，此心吾与白鸥盟。”

据《列子·黄帝》：“海上之人有好沤（鸥）鸟者，每旦之海上，从沤鸟游。沤鸟之至者，百住而不止。其父曰：‘吾闻沤鸟皆从汝游，汝取来吾玩之。’明日之海上，沤鸟舞而不下也。”

这段古文，说的也是一个寂寞的故事。喜欢跟海上的鸥鸟一起玩，言外之意就是无法融入尘世间的俗务生涯，不愿意跟世俗之人打交道了。黄庭坚用这个典故，其实就是心里萌生出退隐的念头，不想当这个烦人的小官了。情愿跟白鸥结成盟约，一起逍遥游玩于海上。

中国文人的出世之心，一点也不深奥。年年月月做着重复的、自己不喜欢的，又没有创造性的劳动，谁都会厌倦，想摆脱这样的生活。

这是人之常情。风景越开阔，更加显得人生寂寥。山水对于中国文人来说，是一味良药，从庸俗世故的生活里，升华提炼出超脱意境。在这样的压抑烦闷中，找时间去看看好山好水好风景，洗心涤目，神清气爽；一刹那涌出的感慨，所诞生的艺术作品，特别动人。

25 秦观：理性的特立独行者

鹊桥仙　秦观

纤云弄巧，飞星传恨，
银汉迢迢暗度。
金风玉露一相逢，
便胜却人间无数。
柔情似水，佳期如梦，
忍顾鹊桥归路。
两情若是久长时，
又岂在朝朝暮暮。

秦观的这首词，有一种从哀婉过渡到豁达的转变。

只看字面意思，特别容易理解。先是写银河的风景。天上的织女拿云彩来作为纺织的材料，而织女的手艺非常高妙，这就是纤云弄巧。

牛郎织女分别之后，化为了牵牛星织女星。双星在银河的两边，平时无法见面，无法触碰，心中生出怨恨；当他们七夕相见的时候，两颗星不断地靠拢飞近，所以叫飞星传恨。银河特别宽阔、辽远，所以用迢迢两个字来形容，比如我们一般说千里迢迢，形容极其遥远。

“金风玉露一相逢，便胜却人间无数。”金风玉露这个说法，在李商隐的诗里面就出现过，《辛未七夕》里写：“恐是仙家好别离，故教迢递作佳期。由来碧落银河畔，可要金风玉露时。”

金风也就是秋风的意思，因为秋天在五行之中属金。春属木，夏属火，秋属金，冬属水，因为土生万物，所以土皆在四季中皆流转。“金木水火土”五行学说是中国传统文化里对万事万物的取象比类，类似于西方古典文化的地水火风。

现代文明对宇宙万物有了更加科学的解释。对于这种古代的理论学说，我们可以作为文化背景知识来掌握。在鉴赏古诗词的时候，了解阴阳五行学说，才能更好读懂古人的寓意，搞明白他们在表达什么含义。秋天的露珠格外皎洁，如同玉做的。这还是在渲染秋天的意思。

这秋风与寒露一相逢，就是让人愁肠百转的季节了，超过了人世间的无数情怀。风露清愁，缠绵悱恻，也寓意着牛郎织女的相见，胜过千千万万的情侣恋情。

柔情似水，佳期如梦，美好的一期一会，就像是梦幻中一般。一年一度的约会结束之后，又要各自分别，怎么忍心去回头看那鹊桥？那自然是越看越伤心。

在神话传说中，他们两个的命运已经被注定，落入这样无可奈何的境地，又能怎么办呢？

于是秦观代替他们说出了千年以来最为傲气的话：两情若是久长时，又岂在朝朝暮暮。

历朝历代的悲剧爱情故事，都是催人泪下，令人忧伤无望，凄凄惨惨戚戚。哀之深，感人肺腑。秦观一举翻转了这种悲叹，化为更加崇高的境界。

牛郎织女这对夫妻，当初他们违反天条遭受了这样的处罚。但是，这处罚只能管住他们的人，却管不住他们的心，更加管不住自由的灵魂和执着的爱情。

只要两个人的爱情，长长久久，哪怕不能朝夕相处，也无所谓了。

一个作家的文学底蕴，往往另外藏着答案。比如秦观的词写得精美细腻，格调高远。因为他同时也有很好的策论功底。

所谓策论，就是古代专门写给帝王看的政论文。在古代，文人通过科举考试入仕为官，终极理想是辅助君主治国。所以他们对施政理念的补充，给皇帝提意见，写文章提供参考方案，才是最主要的事业。秦观的策论在有宋一代，都相当有名，公认写得好，观点鲜明，结构严谨，文笔特别锐利。

这是我们通常所说的功夫在诗外。秦观的爱情诗词写得特别美，而且大气。他对文字功夫的修炼，却体现在时政议论文当中。以至于秦观自己都说过这样一段话：“作赋何用好文章，只以智巧饤饾为偶俪而已。若论为文，非可同日语也。”饤饾就是堆砌铺垫的意思。偶俪就是对偶对仗工整的意思。运用机智巧思，把对偶句子写好就行了。但要说到写正经文章，就不能相提并论了。

诗词歌赋是一类，策论政论又是一类，这是秦观的文艺创作态度。

秦观在策论《上吕晦叔书》中写道：“某闻天下之功，成于器识；来世之名，立于学术。……夫君子以器为车，以识为马，学术者，所以御之耳。”也就是说，闻名天下的大事业、大功绩，取决于一个人的胸怀器量和见识；能够传之后世的声名，要靠一个人在学术上的成就。

这当然也是“官本位”和儒家的价值观体系决定的。在现代人看来，小说写得好，也可以伟大。但在古代文人看来，比如秦观，就认为玩文艺，诗词歌赋浅吟低唱，只是个人兴趣爱好，是业余消遣，抒发内心情绪的雕虫小技；政论文写得好，才见功底。

其实，一个作家如果把爱情诗词写得非常深刻高级，很可能是因为他有历史、法律、政治的训练背景，得益于逻辑周密，思维细致，更加能够明察秋毫，谋篇布局。不同文体体裁，相互借鉴，触类旁通。秦观这位大宋情诗才子，左手文艺，右手时政，游刃有余，境界不同凡响。

同样是写七夕情伤，写牛郎织女的哀怨幽恨，秦观就能跳出许多人走的一条路，另辟蹊径。

就他这个人来说，秦观出生于江苏高邮，典型的江南才子，字少游，号太虚，写婉约词的地位极高，跟黄庭坚、晁补之、张耒并称苏门四学士。苏轼夸奖他“有屈、宋之才”，把他的才华抬到了屈原宋玉的地步，“雄辞杂今古，中有屈宋姿”。

可惜这名弟子比苏轼先逝，苏轼悼念写道：“少游已矣，虽万人何赎。”王国维写《人间词话》提出境界论，对秦观的评价是“词之最工者”“词旨深远”。这些人都非常明白秦观词的好处：工，形容写得巧妙精致；旨，就是主题主旨，“词旨深远”就是主题深远意境高。

最工巧者，秦观当得起这个评价，譬如他的《浣溪沙》：

『漠漠轻寒上小楼，
晓阴无赖似穷秋，
淡烟滚滚画屏幽。
自在飞花轻似梦，
无边丝雨细如愁，
宝帘闲挂小银钩。』

“自在飞花轻似梦，无边丝雨细如愁”，每个字眼都是寻常事物，飞花，丝雨，梦和愁，都是婉约词里常见之极的字词。飞花自在，也是很寻常的描述，也就是飞花拟人化；丝雨无边，就是如实写景，绵绵密密的小雨，看起来就是无边无际的。秦观的厉害之处，就是这种“通感”。梦是没有实体的意识，没有重量，有什么比梦还轻？有什么比愁还笼罩人，令人觉得铺天盖地，密密麻麻，无处可逃？

这种思维，就是化感性为理性。梦，一般作家只知道好梦美梦噩梦，不会想到梦的重量问题。丝雨的绵密细微，是物理形状的描绘。无边无际，是视觉观察的总结。这就是写作的奥妙之一，想要写出极端感性的韵味，反而得依靠理性思维。打破常规的语言，进入新的天地。

他还有一首《踏莎行》，开篇就创造了两句名句：“雾失楼台，月迷津渡。”楼台在雾气中隐隐约约，仿佛消失了。渡口被浩瀚的月光照耀，朦朦胧胧映照着，浸漫一片，仿佛迷失了。两句体现的都是宏大遮蔽了渺小，是空间上的宏观对比。

秦观的词“境界”高，就高在这样的提升。这首《鹊桥仙》从一对男女的爱情悲剧，提炼出爱情的至高无上的境界，影响了无数人的爱情观。舍弃眼前“朝朝暮暮”的柔情蜜意固然痛苦，但为了“两情久长”的心灵契合，这是值得的。

这是把时间尺度拉长，还是一种理性思路。因为长久更加需要彼此的信任，更加考验人心，情深自然长。这是把爱情，上升到了人生的终极命题，立意更高。

能够与之媲美的，是“功成不必在我”。一代代人努力，最终实现理想，但不必在我手里实现，不一定由我来享受荣耀。是理性判断让我们知道，忍耐眼前短暂痛苦，获取未来长久价值。

他的视角总能着眼于宏观，又返回到微观。世界之大，个人之渺小，以大见小，见过天地众生，又回到自己。

我觉得，秦观仍然是才子的底色，向往豪放，却难逃细腻伤感的本底。

词本来是小情小调的士大夫消遣，但被苏轼引导改造，进一步提升，出现了表现家国情怀、体现个人抱负的局面气象。秦观以苏轼为自己的文学偶像，吸收了新的填词思想，又继承了花间婉约的精美，堪称美与境界兼顾，婉约豪放的集大成者。

26 周邦彦：原来你是这样的周邦彦

苏幕遮　周邦彦

燎沉香，消溽暑。
鸟雀呼晴，侵晓窥檐语。
叶上初阳干宿雨，
水面清圆，一一风荷举。
故乡遥，何日去？
家住吴门，久作长安旅。
五月渔郎相忆否？
小楫轻舟，梦入芙蓉浦。

有一些文人，词句清丽，把生活本身写成了美学。周邦彦就是这一类人。他写的，不是大喜大悲，不是国仇家恨，而是风物时光，寻常人都能够体会的诗意。

这首词写于周邦彦在京城为官的时候，那是他人生里的好时节，仕途颇为顺畅。

宋朝当时的京城是汴京，也就是现在的河南开封。不过，因为唐朝的强盛和繁荣，长安成为诗词里的一个常用意象。周邦彦在这词里，用长安，代指他人在汴京。

吴门本来是指春秋时吴国的都城阊门，也就是现在的江苏苏州城的古城门之一。后来用来代指苏州，或者泛指江南一带。沉香木是传统的名贵中药，也是熏香香料。鸟雀呼晴是个民俗的说法，通过鸟叫来判断天气阴晴。

燃起沉香，消除潮湿的暑热之气。鸟雀的鸣叫，能预兆着晴天。天快亮的时候，我偷听着鸟儿在屋檐上的话语。初出的太阳，晒干了昨夜荷叶上的雨水。

水面上的荷叶清新圆润，风吹过来，这些荷花荷叶一个一个如同在风中举起。“水面清圆，一一风荷举”这句跟李白的“清水出芙蓉，天然去雕饰”，有异曲同工之妙。所谓清水出芙蓉，怎么个“出法”呢？缓慢挺出，快速长出，都是出。美人出浴是一种出，孩童戏水挺身而出，也是一种出。水清澈，芙蓉美，不需雕饰，天生丽质。当李白用上了雕饰，那么我们知道，必然是以美人比喻花。

周邦彦的炼字功夫，用在了“举”字上。这个举，是荷叶在风中，主动挺身抬头，显得挺拔秀立。写出了荷的精气神，那么洒脱清爽。这是把拟人手法运用到了极致。

譬如《红楼梦》里，“贾政一举目，见宝玉站在眼前，神采飘逸，秀色夺人。”在周邦彦的眼里，荷的茎梗修长细直，荷的叶一派清圆，如同一个漂亮的人站在他面前，顾盼神飞。

下阕的意思就直白了。远离故乡，人在外，什么时候才能回去?看见荷叶，勾起思乡之情。因为他在京城，家在江南。周邦彦是浙江钱塘人，也就是现在的杭州。杭州这地方，跟苏州并列，号称人间天堂。水波荡漾，草木丰饶，风光秀丽。一到夏天，荷叶青翠，到处都是。盛开的荷花，美不胜收。

五月初夏的时候，故乡的渔郎还记得我吗?梦里挥动船桨，划动一叶轻舟，划入开满莲花的池塘。

其实，乡愁是所有人的情结，几乎没有哪个文人能避免。

周邦彦说“长安旅”，重点放在“旅”字。这个“旅”，不是旅游、旅行，是一个人必须到京城去实现理想抱负的客居之意。故乡虽然好，却不是国家的政治中心。

词中的风景和生活节奏，能看出周邦彦大体上心情闲散，对人生是满意的。人的心境，会投射到风景景物上。正所谓“我见青山多妩媚，料青山见我应如是”。

周邦彦生于公元1056年，写这首词时的他，在汴京从太学生提拔到太学正，算年纪，不过二三十岁，年轻有为，风华正茂。

他眼里是“叶上初阳干宿雨，水面清圆，一一风荷举”，他自己又何尝不是风荷一般的人物。

当他的心境改变，会是怎么样的呢？可以拿他的《满庭芳·夏日溧水无想山作》来比较。现在的南京还有溧水区。周邦彦被外派任职，离开了汴京，到溧水做了个县令。

『风老莺雏，
雨肥梅子，
午阴嘉树清圆。
地卑山近，
衣润费炉烟。
人静乌鸢自乐，
小桥外、
新绿溅溅。
凭栏久，
黄芦苦竹，
拟泛九江船。』

这是夏天最闲散的时刻，眼前一片好景致。莺莺燕燕生下了雏鸟，新陈代谢，生生不息的生命，幼鸟在风中老去。多雨季节，雨水充足，浇肥了梅子。

他又一次用了“清圆”这个词，这次是写树木。

树木也好，午后的光阴也好，树叶映照的树荫也好。人在江南，衣服容易潮湿，又要费炉炭来烤干。

我在南方住过一阵子，一到梅雨季节，尤为烦恼，满屋子都湿漉漉。雨水太多，植物们茂盛得令人惊叹，绿得铺天盖地。对这个细节，特别有共鸣。

再读下半阕：

『年年，如社燕，飘流瀚海，来寄修椽。且莫思身外，长近尊前。憔悴江南倦客，不堪听、急管繁弦。歌筵畔，先安簟枕，容我醉时眠。』

在别人看来，这时光，这小小的犯愁，其实说明时日都还不赖，过得去了。但是，周邦彦靠着栏杆看过风景，马上意念就转移到了叹息上。

周邦彦叹息的是，客居他乡，异地的屋檐下，如燕子年年飘飘荡荡。而他的人，在这江南之地，挥之不去的烦闷。

这江南再好，待久了也倦了。酒杯前，宴席上，歌舞看得厌倦。倦了也没奈何，不如先铺好枕席，喝醉了就睡觉。

这跟他年轻时候写的词比较，已不复年少时的精气神。憔悴困顿，心有厌倦。

其实周邦彦的运气尚好，只是年轻时略为潦倒，很快就凭借才华，献赋升官。他的仕途平稳，没有什么大惊大险。贵族们喜欢他的词，民间也喜欢他的词。帝王欣赏他的音乐艺术造诣，青楼女子更是以唱他写的词为荣。

可是，他心里也有他的立场和原则。要欣赏这样的词，其实还是要回到他的人本身。

这样一个心细如发、词作美轮美奂的男子，政治上却倾向于王安石，倾向于革新的政党，不同于苏东坡那一派的旧党。周邦彦一直做到了文艺方面的大官，却对朝局没什么影响。这份郁闷，大概也成就了他的艺术创作生涯。

属于旧党的苏轼，开一代词风豪迈气象。苏轼在艺术上创新，政治上偏保守，是儒家入世、道家逍遥、佛门出世思想的杂糅体。

而偏向新党的周邦彦，却是婉约派里最正宗的代表。文人与作品，常常有落差，甚至反差。

周邦彦当年在汴京，之所以从太学生到太学正，就因为他做了一件名动天下的事情。他写了一篇《汴都赋》，点赞新法，歌颂汴京的繁荣，宋神宗赵顼特别欣赏他，这才提拔他为太学正。

但是，宋神宗在公元1085年去世。力主变法的皇帝一死，保守的官员恢复官职，回到朝堂。新法很快也被宋神宗的母亲高太后废止。虽然后来又有部分政策得以延续，总体来说，以王安石为代表的变法维新派人物，被边缘化了。

可想而知，曾经支持新法的周邦彦是什么境遇了。他的意志消沉，宦海寻常，也在情理之中。

不过没关系，他在文艺上的天赋太高，有着浓郁的江南才子风格。在清词丽句上焕发光彩，同样令后世倾倒，被誉为“词家之冠”。

公元1096年之后，周邦彦又被调回汴京，在宋哲宗赵煦的时代，担任国子监主簿、校书郎。

到了宋徽宗赵佶的时代，周邦彦又被提举到大晟府，在当时的国家最高音乐机关工作，负责声律礼乐制谱。

在那个皇帝普遍会享受、有文化、擅绘画的北宋，周邦彦活着的时候，还没来得及经历后来的战乱国耻。

也只有周邦彦写得出这样的《少年游》：

『并刀如水，
吴盐胜雪，
纤指破新橙。
锦幄初温，
兽烟不断，
相对坐调笙。
低声问：
向谁行宿？
城上已三更。
马滑霜浓，
不如休去，
直是少人行。』

这画面太惊艳，被无数人赞颂过。刀如秋水，盐比雪更白。以盐粒配新橙，味道更加醇厚丰富。而有着纤指的美人，动手切橙，是给心爱的人吃，藏着绵绵的柔情。

橙子再好吃又如何，真正的滋味，是谁为你亲手破新橙。

你喜欢的人，给你倒一杯极为普通的茶，在你饮来，也像是她手上抹了蜂蜜一般。

这关系，不是寻常夫妻，而是冶游情状。少年人处处留香，心有旁骛。女子却盼望情人留下，忍不住找了很多理由。

这其实是双重映照。盐强化了酸甜。锦帐加热好了，香炉烟正在袅袅升起，强化了留宿的精心准备。女子问情人，你要去哪儿留宿？夜半三更和霜浓路滑的挽留，强化了“不如休去”。

这不是刻意的讨好，这是情到浓时，一腔炽热，难以自制。爱情的玄妙，总在缠绵悱恻和欲拒还迎之间。

还有一首《瑞龙吟·大石春景》，收录在《宋词三百首》里：

『章台路，还见褪粉梅梢，试花桃树。
愔愔坊陌人家，定巢燕子，归来旧处。
黯凝伫，因念个人痴小，乍窥门户。
侵晨浅约宫黄，障风映袖，盈盈笑语。
前度刘郎重到，访邻寻里，同时歌舞。
惟有旧家秋娘，声价如故。
吟笺赋笔，犹记燕台句。
知谁伴，名园露饮，东城闲步。
事与孤鸿去。探春尽是，伤离意绪。
官柳低金缕。归骑晚、纤纤池塘飞雨。
断肠院落，一帘风絮。』

先写从前跟佳人的一段情缘，梅花凋谢，桃花开，佳人尚年幼，笑语嫣然。再写故地重游，物是人非，满腹愁绪。

周邦彦在他的文艺创作上，抵达了高峰。他的词作流传下来，我们读到的时候，穿过漫漫岁月，抵达一份当时当下的心意。周邦彦的心，也不失一份随缘。

这随缘，不是放下，而是默然内化，铭记于心。

纵使黯然，也不会呼天抢地，声嘶力竭。人生总有不足，别离本是常态。化为词句，留待以后的人销魂。

三杯两盏淡酒，
怎敌他、晚来风急？
雁过也，正伤心，
却是旧时相识。
满地黄花堆积。
憔悴损，如今有谁堪摘？
守着窗儿，独自怎生得黑？
梧桐更兼细雨，
到黄昏、点点滴滴。
这次第，怎一个愁字了得！

27

李清照：我不是针对谁，在座的各位都不行

声声慢　李清照

寻寻觅觅，冷冷清清，
凄凄惨惨戚戚。
乍暖还寒时候，最难将息。

【吟唱的艺术魅力】

李清照是千年来绝无仅有的文学奇才女子。这首词的绝妙在于，用的是最凄惨的字，却有着独一无二专属于李清照的雄浑气质。

词，在古代本来就是用来唱的。李清照对音韵格律的把握，到了炉火纯青的地步。

唱第一遍，仿佛忧愁不堪。

我们不妨再来第二遍，再回味一下，不由自主就加快语速，那语调，竟是沉痛有力的。当你重复诵读第三遍第四遍，情不自禁声音升高，口齿铿锵起来。天怎么还不黑，雨怎么还在下？这人啊，愁到无以复加的地步，没什么可形容的，就是愁得不得了。字字千钧，凄厉凝重如泰山压顶。

我建议每一个喜欢李清照词的读者，都可以试验一下。这很奇妙。

通常而言，一首哀婉的词，读第一遍的时候令你黯然；反复咏叹，你会更加低落黯然，声调越发轻下去，缠缠绵绵，进入到心动神摇，不能自拔，满心酸痛，眼泪流出来。打个比喻的话，类似我们听着忧愁伤感的歌，不断单曲循环，终于越陷越深。漫漫长夜，一直自怜下去。

为何李清照的这首词会产生这样的效果？因为她看起来是个婉约派，实际上却有着慷慨豪迈的底子，是个女丈夫。填词的时候婉约细腻，写诗的时候截然相反。诗风雄浑，词风清丽，综合在一个人身上。那我们就要问了，李清照，她的性格主基调到底是什么样的？

她是柔弱无助的小女子吗？答案是：非也。

男性诗人们平时家国天下，壮志凌云，失意后很喜欢模拟女子口吻声调，抒写哀怨自叹的靡靡之辞。女诗人呢？平时凄婉哀伤，一旦遭遇人生沉重打击，反倒如贝多芬一般悲怆起来。

文艺作品，就是一个作者的性格反映。也许言不由衷，也许故弄玄虚，也许遮遮掩掩，但是，韵律和气质，无论如何都骗不了人。这也就是现代音乐工业里所谓的辨识度。李清照的辨识度极高。辨识度，就是一个人的鲜明个性。

李清照有一首咏梅的《孤雁儿》，这首词本身名气不大，在她作品里不显眼。历来行家考证说是悼亡词。但是李清照有句题注："世人作梅词，下笔便俗。予试作一篇，乃知前言不妄耳。"

我们琢磨琢磨易安居士的这语调，何其恃才傲物眼界高。写悼亡词也要跟世人一较高低，力图写得不俗。

更别说她的咏史诗《夏日绝句》：

『生当作人杰，
死亦为鬼雄。
至今思项羽，
不肯过江东。』

李清照的本色，是骄傲的英雄主义者。她深情，多才多艺，年少时因为出身家境好，嫁得志趣相投的夫君赵明诚，很是过了一段快活的日子。前半生的李清照，鲜花着锦，远比深宅大院的女子潇洒，她饮酒作乐，谈诗论文，沉醉不知归路。即便有愁，也是闲愁几许。

这个时候的李清照，文采风流，跟赵明诚琴瑟和鸣，传为美谈。

后半生，在赵明诚逝世后，南宋局势动荡，李清照的生活急转直下，颠沛流离。第二次婚姻嫁的张汝舟，这是个不入流且精于算计的小官。婚前甜言蜜语哄骗李清照，婚后本相毕露。张汝舟觊觎李清照手里残留的金石收藏字画，甚至虐待李清照。

李清照性格中倔强的一面爆发了，发现被骗后，她宁为玉碎不为瓦全，抓住张汝舟的把柄，检举揭发张汝舟卖官鬻职，哪怕因此她自己也被牵连入狱。当时律例，妻子状告丈夫，也会判刑。好在，靠着亲戚故交们的营救，李清照很快就被释放。

第二次婚姻失败，在旧式传统社会中，令李清照更难立足，生活陷入困境。因此她的词风变得凄厉直白。

当我们重读这首《声声慢》，会发现没有一个晦涩字眼，想说的话，一目了然。不用再翻译成白话文。开篇那十四个字，没有任何的夸大其词，那就是李清照的真实心声。她如实道来，我们就感同身受，心惊肉跳。

【她的人格魅力】

李清照本来就是运用文字的高手，对格律音韵的把握能力非常高超。

她的直抒胸臆，声音画面扑面而来，让我们如临现场。她的作品，不同于男子士大夫们，个人特质极为鲜明。

在她的词中，也反复出现“晚来风”“酒醉”这些意象。从前的闺阁女子，哪能一天到晚喝得醉醺醺呢！李清照就可以。她写起诗词来，词能婉约细腻，牵肠挂肚慰人心，诗能豪迈歌燕赵，讽刺冠冕男子。但她在忧愁至深的时候，还是流露出一丝丝北方女子的性格。

譬如她的《添字采桑子》：

『窗前谁种芭蕉树？
阴满中庭；
阴满中庭，
叶叶心心、
舒卷有余情。
伤心枕上三更雨，
点滴霖霪；
点滴霖霪，
愁损北人、
不惯起来听！』

按地域风土人情论，李清照是济南人，齐鲁大地生出的山东大妞。她的悲伤，是喝着酒，泛着泪光，长吁短叹。

她还有首诗作《钓台》：

『巨舰只缘因利往，
扁舟亦是为名来。
往来有愧先生德，
特地通宵过钓台。』

所谓钓台，也就是汉代严子陵钓鱼的地方。严子陵名光，子陵是他的字。

这位历史上有名的高士，得名于光武帝刘秀邀他当官，他却拒绝了。南宋的文人士大夫，很多人在偏安的都城继续当官，追逐名利。他们也觉得羞愧，摸黑趁夜经过钓台。

她的《题八咏楼》很有盛唐大家的气象：

『千古风流八咏楼，
江山留与后人愁。
水通南国三千里，
气压江城十四州。』

李清照这么写，就是在讽刺时弊。她不是一个只写闺阁、只写愁情的女子，她是一个地地道道的文士，关心天下大事，关心时局。

【文学主张】

李清照除了写作，对诗词也有自己的判断主张。其实这也是个规律，作家写得好，必定有自己的文学观。

她在《词论》里点评天下文豪，毫不谦逊："至晏元献、欧阳永叔、苏子瞻，学际天人，作为小歌词，直如酌蠡水于大海，然皆句读不葺之诗尔。又往往不协音律……”

这话的意思是，晏殊、欧阳修、苏轼这些大家学问那么好，填词这种小玩意儿，应该特别信手拈来，就像在大海里舀一瓢水那么简单。结果呢，一个个写得句读不葺，平仄押韵都不齐整，往往还不通音律。

她指出“词别是一家”，既然填词，有词牌，就得照音律来填，为演唱服务。诗是诗，词是词，不应该把词当诗来写。乱填字词，破坏了韵律，就没法唱了。

一般人谁敢批评苏轼、欧阳修呢？李清照就敢，而且言之成理。因为她写得好，足以分庭抗礼，并驾齐驱。

其实，这种事很好理解。搞创作选择了这样的体裁，那就应该照格律去写。不过呢，天才例外。

所谓雄才，只是为了文字表达上的容易理解。其实性别不是问题，时空不是问题，要落实在具体的个人之上。敢于挑战权威，挥洒才华，闪耀千年，这就是李清照的魅力。

28

《书愤》：悲情英雄的理想国

书愤　陆游

早岁那知世事艰，
中原北望气如山。
楼船夜雪瓜洲渡，
铁马秋风大散关。
塞上长城空自许，
镜中衰鬓已先斑。
出师一表真名世，
千载谁堪伯仲间！

传统文化里的诗词，被金庸大量运用到他的武侠小说里，既能塑造人物，又能增光添彩。但读过陆游的《书愤》，就知道了金庸的文学底子的来龙去脉。金庸，化用了陆游。金庸小说《天龙八部》写了一段特别动人的爱情，那就是乔峰和阿朱之间的悲剧。其中一个回目标题用的是：塞上牛羊空许约。

陆游原句好，才会被后世人化用。在整个宋代的诗人里面，能够与陆游媲美的大概就是辛弃疾。他笔下有英雄气。陆游的主色调不是豪迈，而是悲壮。辛弃疾真的是领兵打仗名声在外。陆游先是当官，然后在军队里任职幕府。

《全宋诗》里，陆游一个人就写了9300多首。经历了北宋的结束、南宋的偏安，陆游一直是个主张统一中原收复山河的主战派。他写了《平戎策》献计朝廷，结果被拒绝了。他渴望的北伐计划，彻底破灭。但他仍然不死心，继续批评南宋朝廷不作为、苟且偷安。

在“暖风熏得游人醉，直把杭州作汴州”的时代，充满血气的陆游，简直格格不入。主张偏安一隅，求和的那一派官员，当然对陆游很不满，开始挑刺找碴儿，说他“不拘礼法”“燕饮颓放”。被这么一群小人攻击，陆游一不做二不休，干脆就自号“放翁”。

他那首临终的《示儿》早已经是千古名篇：

『死去元知万事空，
但悲不见九州同。
王师北定中原日，
家祭无忘告乃翁。』

跟《书愤》对照，我们才能体会到陆游一生的悲愤。领会这首诗，最关键的字眼，就是“空自许”。

塞上长城，有一个典故。南朝初年的著名将领檀道济，骁勇善战，把自己比喻成“万里长城”。皇帝要杀檀道济，他悲愤地说：“你这是自毁万里长城。”“空自许”这三个字，陆游在他的诗里一写再写。

《即事》：

『渭水岐山不出兵，
欲携琴剑锦官城。
醉来身外穷通小，
老去人间毁誉轻。
扪虱雄豪空自许，
屠龙工巧竟何成。
雅闻嵣下多区芋，
聊试寒炉玉糁羹。』

《晚登望云》：

『晚来烟雨暗江干，
烽火遥传画角残。
看镜功名空自许，
上楼怀抱若为宽。
青枫摇落新秋令，
白发凄凉旧史官。
饱见少年轻宿士，
可怜随处强追欢。』

《雨雪久无来客亦不能出作长句排闷》：

『造物无情岂我私，
从来不使堕危机。
青云路近常排去，
白浪堆高亦脱归。
残稿尚存空自许，
故人略尽欲谁依？
新春雪暗山村路，
且复焚香独掩扉。』

《病起书怀二首》其二：

『酒酣看剑凛生风，
身是天涯一秃翁。
扪虱剧谈空自许，
闻鸡浩叹与谁同。
玉关岁晚无来使，
沙苑春生有去鸿。
人寿定非金石永，
可令虚死蜀山中。』

这么多的空自许，都是陆游的遗憾和愤愤不平。我们看一个人的胸怀抱负，其实有个最直白的方式，看他自诩什么人。陆游给自己定位的角色是诸葛亮。崇拜诸葛亮的人数不胜数，从杜甫开始，诸葛亮就已经是中国文人最高楷模之一。诸葛孔明担任的角色，就是千古第一军师，也就是军事参谋、总指挥。诸葛亮足智多谋，为蜀国鞠躬尽瘁死而后已。杜甫写他："三顾频烦天下计，两朝开济老臣心。出师未捷身先死，长使英雄泪满襟。"

在陆游心里，向往的就是诸葛亮的境界。所以他才写"出师一表真名世，千载谁堪伯仲间"。诸葛亮的《出师表》，就是陆游的最高人格理想。伯仲之间就是不相上下的意思，陆游觉得千年来没有别的文章比得上《出师表》，只有这篇文章，才能真正名传后世。因为他追求的也是统一大业，名留青史。这是一份跨越时空的共鸣。

开头两句"早岁那知世事艰，中原北望气如山"，特别衬托出后来的哀叹悲怆。从前满腔豪情，气概如同山一样雄浑壮观，那时候年轻，他还不知道世事极为艰难，想要做一点事情，格外不容易。要招来各种诋毁，各种猜疑，各种内斗。

年轻时候的陆游，才华横溢。在宋高宗绍兴二十三年（公元1153 年），他到临安去参加科考"锁厅试"。如此优秀的人才，原本获得了第一名的好成绩。当时的大权臣秦桧的孙子秦埙，也参加了这一轮考试。

"锁厅试"类似于明清时期的乡试，主要针对宗室后裔、朝廷高官子弟们。当时的主考官是陈之茂，为人比较公正，非常欣赏陆游的文章。但为了照顾到秦桧面子，还是让秦埙得了第二名。于是秦桧之孙排在了陆游的后面。

秦桧的小人之心还是爆发，心怀忌恨。到了第二年礼部考试时，主考官是秦桧的亲信御史中丞魏师逊、礼部侍郎兼大学士汤思退。结果就毫无悬念，秦埙是第一，陆游则掉下榜了。

秦桧这样的投降派，为了自己的既得利益，当然愿意苟且偷安。对“喜论恢复”中原北方的陆游，那是深恶痛绝。因此竭尽所能阻止陆游的出头。一直等到秦桧死后，陆游这才步入仕途。但是当了官的陆游，也未能如愿以偿。他心里那个驰骋纵横收拾旧山河的梦，毕生都没有实现。

“楼船夜雪瓜洲渡，铁马秋风大散关”，这两句是他的人生履历的写照。瓜洲渡是扬州附近的渡口，在当时是军事要地。大散关是位于现在的陕西省宝鸡市的关隘，在古代也是兵家必争之地。楼船夜雪，铁马秋风，都是形容战况。楼船是一种古代的战船，水战中常用到，高大有楼，通过人脚踩踏木轮推动运行。

宋朝将士曾经在瓜洲抗击金兵，而陆游，也曾经策划过进军长安的军事计划，在大散关跟金兵开战过。

遥想当年，夜雪与秋风对应，白雪黑夜，雪花纷纷飘落车船，多么肃杀冰冷，黑白分明。秋风吹着披着铁甲的战马，铁马金戈，何其寒凉壮阔。画面感格外强烈，让人如临其境。

陆游写诗写得多，也跟这种心态有关。总是憋屈，他需要写诗来发泄排遣心中的郁闷。我曾经统计过陆游的日常生活（参见拙著《人生是一场雅集》），中年以后的陆游，跟醉翁欧阳修是一路人，都是一天到晚酩酊大醉。

“日斜大醉叫堕帻”，标题叫《山园草间菊数枝开席地独酌》。“狂吟烂醉君无笑”，标题《山园》。山上的园子菊花开了，太值得坐地上一个人喝酒。

“天寒朝泥酒，熟醉卧蓬窗”，标题《卯饮醉卧枕上有赋二首》；“宿醉行犹倦，无人为解酲”，标题是《自唐安之成都》；“半酣脱帻发尚绿”，标题是《池上醉歌》。

从西安到成都喝醉了，睡觉前喝醉了，躺下，靠着枕头上就好写诗了。池塘上喝醉了，还要唱歌。

“半酣直欲挽春回”，标题是《秋晚杂兴十二首》；“半醉微吟不怕寒”，标题是《一笑》；“彩笔题诗半醉中”，标题是《初春探花有作》；“悠然半醉倚胡床”，标题是《春晚村居》。

整个春日陆游都在喝酒，初春看花要喝，春晚住在村子里也要喝。秋天感叹春去了，要喝。一笑，也要喝醉。

“关路骑驴半醉醒”，《闻西师复华州二首》，听说收复了失地，心里头高兴，必须得喝。“小醉初醒月满床”，《月夜》，可想而知又是醉得不分日夜。半夜醒来，已经是月光当头了。

“小醉悠然不作醒”，出自《饮伯山家因留宿》。去朋友家留宿，闲聊扯白高谈阔论，更加要喝酒。“日消浅醉闲吟里”，出自《雨后微阴光景益奇复得长句》。下了一场雨，天气微微阴沉着，心情悠然放松，看着奇妙风景，要写诗，也要浅醉。

“倚醉题诗恣豪横”，《病酒新愈独卧苹风阁戏书》，生病了才痊愈，还是一个人躺着，继续有诗，继续有酒，两不耽误。“村沽虽薄亦取醉”，《连日大寒夜坐复苦饥戏作短歌》，天寒地冻肚子饿，没钱吃饭也要再来两杯薄酒，醉了算数。

“万事不如长醉眠”，标题《寓馆晚兴》。天黑了，住在寓所什么都不想了，因为世间万事你再牵挂，也不会顺心，不如醉倒，一睡可以忘千愁。最后陆游还写了首《自咏》，自己给自己下一条批语定论，总结收尾：“泥醉醒常少。”

他的一生如此度过，年年岁岁都泡在酒中，可谓是借酒浇愁愁更愁。这也更加能够证明，他的执着和念念不忘。

一个人酗酒贪杯，显然不是好事。烂醉如泥什么正经事都做不了。但陆游变成这样，我们又能够理解他，因为他是失落无奈，百般努力后还是不能达成心愿，这才借酒消愁的。他并不是贪图享乐而每天醉醺醺。这么一个硬汉，渐渐变成沉迷醉酒的中老年人，实乃悲情英雄。

而悲情英雄偶然流露的柔情，格外打动人。譬如他的《钗头凤》：

『红酥手，黄縢酒。
满城春色宫墙柳。
东风恶，欢情薄。
一怀愁绪，几年离索。
错错错。
春如旧，人空瘦。
泪痕红浥鲛绡透。
桃花落，闲池阁。
山盟虽在，锦书难托。
莫莫莫。』

如果陆游是那种一味痴迷于精致的文艺作风，他完全可以像南宋的那些大小文人一样，享受安逸，反正暖风糜烂，西子湖畔，晓风残月。但他不是这样的人。晓风残月本身也没有错，喜欢风花雪月，跟渴求建功立业并不矛盾。真正糟糕的是，掌握权势的那群人享受风月，却阻止别人去收复山河。

国仇家恨，忽而涌上心头，不醉还能如何？陆游就是这么一个男人，从年少渴望做一番大事业，到中年放诞，再到醉白头，执着如初。他的爱情，刻骨铭心，一辈子错过；他的大宋，直到他死去都没收复山河九州统一。

诸葛亮是出师未捷身先死，陆游是中原未定，“镜中衰鬓已先斑”，镜子里的衰老鬓发，已经先花白了。在陆游去世 69 年后，南宋覆灭。王师北定中原，自然也落空。他的子孙后代没能家祭报喜。令人无限唏嘘。历史的结果十分冰冷，但是，陆游的心，和他代表的一脉文化元气，凝聚不散。那是他的理想国，一个统一富足的国度，为此他甘愿永远守望。

如果要按“不忘初心”的标准衡量，陆游配得上这个评价。这一脉元气，其实才是中华传统文化里最为高贵的部分。今天的我们谈论传统文化，只有这样的传统文化才是精华。借用一首歌《历史的天空》的两句歌词，虽然陆游是悲情英雄，但是，“人间一股英雄气，在驰骋纵横”。

29

陆游：风雨晦暗，不如在家玩猫

临安春雨初霁　陆游

世味年来薄似纱，谁令骑马客京华？
小楼一夜听春雨，深巷明朝卖杏花。
矮纸斜行闲作草，晴窗细乳戏分茶。
素衣莫起风尘叹，犹及清明可到家。

临安，也就是杭州。北宋结束，南宋朝廷偏安于江南的杭州城，杭州就变成了京城。

文人之所以是文人，还在于日常生活中体现出不同于常人的细腻。除了关心天下大事，临死都还要惦记着收复中原，统一国家。陆游也像每个人一样，要面对壮志难酬的日常生活。

淳熙十三年的春天，作者奉诏入京，接受严州知州的职务；赴任之前，先到临安去觐见皇帝，住在西湖边上的客栈里听候召见。这一年，是公元 1186 年。等待的时日令人难熬，但这具体的日子总要过下去，总是要落实到一天十二个时辰。

如何要度过这些时间呢？那就找点事情做。清晨起床，喝茶吃饭，白昼读书，日暮惆怅。衣食住行，天气阴晴，都是那么真切，无处可逃。

这首《临安春雨初霁》有着扑面而来的烟火气息。住在临安城中，陆游过着什么样的日子？他并没有完全交代。但是从他提到的那些细节，我们大致窥探出，他的心境是清淡、平静、寂寥的。

人情冷暖，世态炎凉，以至于他感叹世道人心，像一层薄薄的纱。尤其是这种繁华的京都当中。是谁让我骑马来到这京城之中？满街游走的都是权贵，他们的生活自然是纸醉金迷，歌舞不休。

“小楼一夜听春雨，深巷明朝卖杏花。”抓住了一个美丽的生活细节：白天的深巷，有小贩担着杏花在卖。春雨滋润了杏花，带着水分的鲜花，当然更加明艳。可是，这一切的前提是，陆游失眠了。

那些达官贵人住的当然是亭台楼阁深宅大院。而陆游，他只能住在市井小楼里面，辗转反侧，彻夜难眠。否则，他也不会一夜都在听着春雨绵绵。落雨淅淅沥沥，听雨的人，只会满心愁闷。

“矮纸斜行闲作草，晴窗细乳戏分茶。”“矮纸”就是短纸、小纸。这个闲字，不是悠闲清闲的意思，而是百无聊赖、无可奈何。在这样的地方，自己无所作为，那就抓起短纸，写写草书，排解郁闷。

陆游在这一刻的知己，是千年后的鲁迅。鲁迅写“躲进小楼成一统，管他春夏与秋冬”。为什么躲进小楼呢？是因为，“破帽遮颜过闹市，漏船载酒泛中流”。生活潦倒，但还得过下去。

对于无所事事的陆游来说，写完了草书，时间还是有很多难以打发。春天雨停了，天气晴好，他就在窗边细致地煮水点茶。宋代的人，流行的喝茶方法叫作点茶。点茶是把茶叶碾为粉末，逐渐加水搅拌，将茶汤打出乳状的泡沫，泡沫越黏稠越好。然后再分酌茶汤品尝。这就叫“晴窗细乳戏分茶”。

这么个吃茶方法，非常费工夫。一方面说明宋代人对生活细节的重视，懂得享受；另一方面也说明陆游真的是闲到极致，苦闷不堪。

所以他的情绪积累下来，顺理成章就开始抱怨。“素衣莫起风尘叹”，这繁华的京城多么肮脏，何必让风尘弄脏我素白的衣衫。

陆游在这句当中用了个典故，化用了晋代陆机的诗《为顾彦先赠妇》：“京洛多风尘，素衣化为缁。”陆机的本意是说在京城这种地方待久了，近墨者黑，白衣服也要变成黑衣服了。

当我们读到这句的时候，再跟开头的那句对照，就明白了。在京城这样的名利场，想要飞黄腾达，“朝为田舍郎，暮登天子堂”，是要付出代价的。比如攀附达官贵人，比如趋炎附势吹嘘拍马屁，为高官唱赞歌，为帝王颂扬。甚至是，送钱送礼，贿赂买通关系，交换官职。这样去谋取功名利禄，难免丑态百出。

至于陆游本人，他的家世出身背景，决定了他对那些贪图富贵名利之徒，是非常看低的。他是尚书右丞陆佃的孙子。尚书右丞相当于北宋的副宰相。而陆佃，又是王安石的弟子。

陆游的父亲陆宰，是当地很有名的藏书家，也做过一段时间交通运输方面的官员。至于陆游的母亲唐氏，也是出身名门，乃是北宋的参知政事唐介的孙女。参知政事也是副宰相级别。

有人渴望当官掌权，是为了谋私利。也有人渴望权力，是为了运用于匡扶社稷，强大国家。可惜的是，后者往往不如前者受帝王欢迎。这是封建社会的人治下的必然缺陷。出身于官宦世家的陆游，在他这一代，被排挤，不得重用，对朝政是很不满的。

尤其是另外一位诗人林升讽刺写道：

『山外青山楼外楼，
西湖歌舞几时休。
暖风熏得游人醉，
直把杭州作汴州。』

可想而知，杭州虽然是个好地方，西湖虽然美丽，但对于陆游来说，苟安临安，皇帝不打算重用他，还是憋屈无奈。

作为南宋最为著名的主战派人士之一，这个时候的陆游已经不是年轻人了，他已经是一个61岁的老人了，基本上过着醉醺醺的日子，喝酒写诗，放诞做人。皇帝依然没有重用他，也没有让他投笔从戎，带领金戈铁马，收复失土。这个爱国诗人的心，是冰凉的。

“犹及清明可到家”，面对这滚滚红尘的社会，喧嚣热闹的首都大城市，陆游心里面很不是滋味，想回老家了。如果现在就走，清明节还可以赶回自己的家乡。

这首诗，在陆游的作品里，气质特别接近《十一月四日风雨大作二首》。

其一：

『风卷江湖雨暗村，
四山声作海涛翻。
溪柴火软蛮毡暖，
我与狸奴不出门。』

其二：

『僵卧孤村不自哀，
尚思为国戍轮台。
夜阑卧听风吹雨，
铁马冰河入梦来。』

心灰意懒，但又不愿放弃的况味，一览无余。同样也下雨的夜晚，风雨飘摇，室内一片温暖，干脆和家里的狸猫相依取暖，都不出门。可是，他真的不想出门吗？真的是僵卧孤村心死如铁吗？当然不是真的。其实，他仍然怀着憧憬，“尚思为国戍轮台”，做梦，也梦见铁马冰河。

陆游的晚年，春雨杏花，想着清明回家。风雨晦暗，不如在家玩猫。这都是他悲哀之中的心情投射。是悲哀后的自我勉励——努力做到“不自哀”。

30 范成大：如果你喜欢怪人，那么他很好玩

读范成大，是因为趣味相投，也气味相投。

范成大有一种莫名难言的喜感。很像一个诙谐老友，他知道人世间各种忧愁孤独，但他不愿意与你愁上添愁，而是呼唤你，不如今朝有酒今朝醉，管那么多做什么，明日愁来明日愁。

他说：“古人愁不尽，留与后人愁。”

简直能让人破涕而笑。

别的文人写生病，忧国忧民心忧天下，多愁多病身，无以排解，更加深重。

他写的《病中绝句》，一写就是八首。我选几首比较特别的。

『空里情知不著花，
逢场将病当生涯。
蒲团软暖无时节，
夜听蚊雷晓听鸦。』

别人卧床想着花香与帘外雨潺潺，或者夜阑卧听风吹雨，铁马冰河入梦来。他注意到的却是夜晚听着蚊子嗡嗡嗡雷声一般，天亮了又听见乌鸦在叫。

『溽暑薰天地涌泉，
弯跧避湿挂行缠。
出门斟酌无忙事，
睡过黄梅细雨天。』

看起来，他也没什么大事情，只是抱病小恙，还能出门斟酌喝点小酒，睡一睡，就把黄梅细雨的时日都度过了。

『石鼎飕飕夜煮汤，乱拖芝术斗温凉。化儿幻我知何用，只与人间试药方。』

这首是在论说中药的理论，形容自己就是用来试药的。一副少年人顽强自信的口吻。其实他体弱多病，备受折磨，但却偏偏不肯怨天怨地，还能拿自己开玩笑，自嘲一番。

『盆倾瓴建夜翻渠，绕屋蛙声一倍粗。想见西堂浑不睡，明朝踏湿看菖蒲。』

这首意趣最出人意表。围绕屋子的蛙声一倍粗，一个“粗”字，简直写活了青蛙歇斯底里大叫的场景。那嗓门响亮，真的比平时更大一倍。

『病中心境两俱降，
犹忆江湖白鸟双。
一夜雨声鸣纸瓦，
听成飞雪打船窗。』

实在是心情低落了，一夜雨打屋檐上的瓦，他都听成飞雪打在船窗上。其实念念不忘的，还是江湖上成双成对的白鸟。他在思念谁？也唯有他自己知道了。

其实范成大一旦深情起来，简直让人像吞了一口蜂蜜，《车遥遥篇》里：

『车遥遥，马憧憧。
君游东山东复东，
安得奋飞逐西风。
愿我如星君如月，
夜夜流光相皎洁。
月暂晦，星常明。
留明待月复，
三五共盈盈。』

我如星，你像月亮，长相辉映，哪怕月亮暂时晦暗，但是那明亮的星，会一直等到月亮复原，每个月的十五日，一起盈盈如秋水。

这星星，也是痴情人。

这句子，何其深情。

《晚步西园》：

『料峭轻寒结晚阴，
飞花院落怨春深。
吹开红紫还吹落，
一种东风两样心。』

同样的东风，生出了两样心，吹得花开，又吹得花落。东风拟人，很寻常，能倒推出东风的两样心，把东风拟出了人的心意多变反复。这说明写诗的范成大，也是一个很懂人性的人。

有恋爱经验的人，都很明白那种忽嗔忽怪忽恨忽爱的心思，爱之欲其生，恶之欲其死。

写诗写词的常用手法，无非是倒因为果，化景物为人格，将名词用作动词。但是懂手法的人太多，用得好的例子很少。平时七巧玲珑心，时刻留心，才能细致入微，信手拈来，浑然天成。

《四时田园杂兴·夏日》：“日长篱落无人过，惟有蜻蜓蛱蝶飞。”

像孩童一样天真，看着篱笆空落，日升到午后，注意到蜻蜓蝴蝶。

他也批判社会压迫：“采菱辛苦废犁锄，血指流丹鬼质枯。无力买田聊种水，近来湖面亦收租。”

采菱的人辛苦到指头流血，形如枯槁，也买不起田，最近连湖面也开始收租，横征暴敛赋税沉重，无非压榨民脂民膏。

范成大一生诗词摇曳多姿，真的是时而文艺清新，时而厚重严肃，时而搞怪。若你喜欢怪人，其实他的诗词，很美。

应念岭海经年，
孤光自照，
肝胆皆冰雪。
短发萧骚襟袖冷，
稳泛沧浪空阔。
尽挹西江，
细斟北斗，
万象为宾客。
扣舷独啸，
不知今夕何夕。

31 张孝祥：表里如一的真正勇士

念奴娇·过洞庭　张孝祥

洞庭青草，近中秋、
更无一点风色。
玉鉴琼田三万顷，
著我扁舟一叶。
素月分辉，
银河共影，
表里俱澄澈。
怡然心会，
妙处难与君说。

天地美景，森罗万象，古往今来无数人经历其中，为何只有极少数人能够写出这种意境呢？因为这部分人肝胆皆冰雪。或者至少在抒发感慨的那一刻，他们的内部世界如同冰雪一样皎洁。

人为万物之灵就在于拥有着广阔无比的精神世界。这首诗中，一句“表里俱澄澈”，其实就是他对自己的写照。他内在的精神世界是澄澈辽阔的，当他与外界的澄澈辽阔相逢时，伟大的共鸣就此诞生。

世界之大，这样的时刻，这样的好风景，其实到处都有。

一个人内心，先要有一点晶莹剔透之所在，才能不断地累积冰雪；遇到了澄澈美景，才能遥相呼应，涌出空灵又博大的诗句。

如果从来没有这一点内在的浩然之气作为种子、作为慧根，外界的风景，再怎么澄澈明净，也是对牛弹琴，过后即忘。从心理学的角度来说，这就是境遇性提升。当时仿佛虔诚严肃，一回到现实世界，马上打回原形。

苏东坡说过：“一点浩然气，千里快哉风。”一定要在我们自己的心田上，种下这么一点浩然之气，小心翼翼地呵护它，灌溉它，才能保持自己的灵台清明，无论是风雨飘摇或是命运晦暗命运，它仍然能够如同一束微小的火苗一样，持久燃烧着。

张孝祥不是一个普通人。宋高宗时期，他考中进士，殿试第一，是个读书成绩优异的状元。做官之后，他做了一件非常大胆的事情，上书为岳飞辩冤，得罪了秦桧。直到第二年秦桧死掉以后，他才重新得到任用。

写这首词的时候，张孝祥 34 岁。因为受到政敌的迫害而被免职，途经洞庭湖，心有所感，写了这首词。4 年之后，他就病逝了。

张孝祥在活着的时候，已经得到诸多好评。同时代的著名诗人杨万里称赞他“当其得意，诗酒淋漓，醉墨纵横，思飘月外”。

除了自我的冰魂雪魄精神高洁，还需要一点诗心。这首词在艺术造诣上臻于尽善尽美。洞庭湖上的秋夜月色，被他写得如同玉楼仙境一般。

“洞庭青草，近中秋、更无一点风色。”风平浪静的秋夜，湖面自然是看起来像玉做的平平整整的田地。八百里洞庭湖以浩大著称。唐朝诗人孟浩然就写过：“八月湖水平，涵虚混太清。气蒸云梦泽，波撼岳阳城。”洞庭湖的烟波浩渺，波澜壮阔，可想而知。张孝祥到洞庭，同样也是接近中秋的八月。所以在张孝祥的笔下是“玉鉴琼田三万顷”。

在这样浩瀚的湖面上，一叶扁舟何其渺小，舟上的人更加渺小。仰头所见，明月照着湖水，把光辉分给了湖水。银河映在湖面，倒影和天上一模一样。天上人间，一片通明。人在其中，目睹此景，所能涌出的感受，张孝祥极为准确地形容出来了，“表里俱澄澈”。澄澈就是指水安静清透的意思。

形容到这样的地步，张孝祥自己都觉得，没法再继续说下去了，到了难以言喻的地步。读到这首词的人只能去想象，去心领神会，妙处难与君说。

当你体验过如此澄明清澈的境界过后，又当何去何从？我们观照世间万事万物，最终是为了给自己确定一个坐标。我想成为什么人？是混入污浊，打成一片呢？还是坚守自我，一片冰心在玉壶？

下阕词直指人心，他自己的心。“应念岭海经年，孤光自照，肝胆皆冰雪。”

孤光是指月光，但却有着典故寓意。苏轼在《西江月》写道：“中秋谁与共孤光，把盏凄然北望。”拿着酒杯借酒消愁，凄然北望。张孝祥也是主战派的其中一个，“孤光自照”，言外之意就是他也在北望神州，心里惦记着王师北定中原。不然，他也不会站出来为岳飞说话辩白了。

张孝祥是和苏轼、辛弃疾同一类的人物，他的词作，自然也该划入到豪放派当中。

“短发萧骚襟袖冷，稳泛沧浪空阔。”天高地阔，水天近乎一体，泛舟湖上，小小的扁舟上的人，实在更加渺小。

按照常规的感受，个人命运浮浮沉沉，贬官之人，外界的压力对他风刀霜剑严相逼，只觉得衣衫寒冷。短发萧骚也就是烦闷愁苦，头发越挠越短，越来越稀疏的意思。杜甫的《春望》里写得就特别直白：“白头搔更短，浑欲不胜簪。”白头发越抓越少，到最后绾头发的簪子都挂不住了。

但是张孝祥完全没有瑟缩卑微的心意，面对浩瀚情景，相反激发出更加博大的豪迈。“尽挹西江，细斟北斗，万象为宾客。”北斗七星像个勺子形状，他就拿北斗当勺子，把西江的水全部舀起来，细细地饮用。我是这天地的主人，万物都是我的宾客。我要请万物来陪我饮酒。这般雄浑大气，又潇洒如仙人，简直是巨人的胸怀。

宋代著名学者张拭是张孝祥的好朋友，他感叹张孝祥英年早逝："嗟呼！如君而止斯耶？其英迈豪特之气，其复可得耶？"

只有真真正正英迈豪特的人，才能写出这样豪迈的词句。

一个人的作品和气度，就在于精神境界的高度。心志不倒，人依旧屹立。满腔豪情，抑制不住，扣着船舷，仰天长啸，完全不在乎今夕何夕。当一个人坚信自己所守的道是有意义的，在历史长河里，有着最高价值，那么他再怎么颠沛流离，也不会被击倒。豪情常在，信念永生。

回过头，还可以再谈谈艺术的灵感。一个富有才华、长期写作的诗人，具备了写出佳作内在的条件，而遇到格外美丽的风景，格外特殊的体验，就能激发出灵感来。领会张孝祥在词中描绘的情景，除了发挥想象力，最能够接近这样的境界的办法，就是亲身去经历一把。去山间，去湖上，到旷野中，到沙洲上，赏月观星。

一篇佳作的诞生，真的是需要天时地利人和。张孝祥还写过一篇《观月记》：

『月极明于中秋，观中秋之月，临水胜；临水之观，宜独往；独往之地，去人远者又胜也。然中秋多无月，城郭宫室，安得皆临水？盖有之矣，若夫远去人迹，则必空旷幽绝之地。诚有好奇之士，亦安能独行以夜而之空旷幽绝，蕲顷刻之玩也哉？今余之游金沙堆，其具是四美者欤？盖余以八月之望过洞庭，天无纤云，月白如昼。沙当洞庭青草之中，其高十仞，四环之水，近者犹数百里。余系船其下，尽却童隶而登焉。沙之色正黄，与月相夺；水如玉盘，沙如金积，光采激射，体寒目眩，阆风、瑶台、广寒之宫，虽未尝身至其地，当亦如是而止耳。盖中秋之月，临水之观，独往而远人，于是为备。书以为金沙堆观月记。』

中秋的月亮最为明亮，观赏中秋的月亮，临近水的地方为佳。靠近水的地方，适宜一个人独自前往。而独自去的地方，当然是人越少越好。但是人少的地方，往往很冷僻。我们现代的旅行也是一样的道理。风景名胜是不错，天气也晴朗，偏偏人山人海挤得大汗淋漓，一片喧嚣，什么雅兴都废了。

那种优美而幽静的地方，谁又会深夜去呢？除非特别闲，兴致又特别高，为了片刻的欣赏，不怕麻烦跑老远的路。结果，张孝祥运气来了，刚好满足这几种情况，中秋之月，来到洞庭湖，人烟稀少乃至无人，又是夜里经过。四美兼顾，激荡出《念奴娇》一首，《观月记》一篇。

这未尝不是一种乐观主义心态，虽被贬官，但遇到奇景美事，写出好词，十分惬意。这就是文人的心。山水明月的魅力，艺术的趣味，创作的快乐，消解了人生的愁闷压抑。

这篇看月亮的游记，跟词作《念奴娇》，合起来就是完整的记录。词里写了泛舟湖上，人坐船上的感受；游记写的是停船靠岸以后的感受。小船系在岸边以后，他让书童仆人退下，自己一个人登上金沙堆。金沙堆就是洞庭湖和青草湖之间的一个泥沙淤积的小岛。金黄色的沙子在月光照耀下，更加闪闪发光。张孝祥自己也说，他没有亲身到过阆风、瑶台、广寒之宫，但是呢，应该也不过如此，跟眼前所见类似了。

古人的诗词名篇，现代人叹为观止。细细辨析，不过就是因缘际会，崇高的心灵遇上了旷世的美景，好比最明亮的月色照着最金黄的沙子，明月金沙一相逢，“光采激射”，令人目眩神迷，观赏者的心窍被打开，流淌出最美妙的诗意。其中妙处，就此点破。

32

辛弃疾：喧嚣中的寂静

他豪放，他文韬武略，他是伟大的爱国词人。他金戈铁马，他气吞万里如虎。这是稼轩留给世人最大的印象。可他也是一个写情老手。

还是从他的这首《青玉案·元夕》说起吧。

东风夜放花千树。
更吹落、星如雨。
宝马雕车香满路。
凤箫声动，
玉壶光转，一夜鱼龙舞。
蛾儿雪柳黄金缕。
笑语盈盈暗香去。
众里寻他千百度。
蓦然回首，
那人却在，灯火阑珊处。

大约是在 1174 年到 1175 年之间，辛弃疾写了这首词。写尽热闹夜游，繁花千树，只为了最后的回首。

这首词的动人心魄之处，是一夜苦苦煎熬，是众里寻他千百度，更是得偿所愿。

词牌“青玉案”，源自东汉的大文人张衡的《四愁诗》，其中有诗句“美人赠我锦绣段，何以报之青玉案”。元夕，也就是元宵节，古人也叫上元佳节。

烟花燃放，就好似东方吹开了千树万树的繁花，美不胜收。坠落时候，仿佛群星如雨掉落。“蛾儿雪柳黄金缕”，都是一些美丽的饰品。女子们戴上这些饰品打扮后，来夜市游玩欣赏。她们笑语盈盈，暗香流转。忽然视角一变，转为寻觅。

那些女子摇摇晃晃衣香鬓影，但他要找的，只有一个人。“众里寻他千百度”，极言寻寻觅觅的执着，分外感动人。

这世上偏执固执的人、痴迷的人，并不少。唯独蓦然回首还能再见到那人，这是罕见的缘分。这不是必然，也不是努力达成的结果，是冥冥中，是人海中的偶然。

多少人蓦然回首，空无一人，只有灯火阑珊。

这种境遇，令人深思。人生也是一样的，何必往那热闹喧嚣处去凑合？踏破铁鞋无觅处，柳暗花明又一村。冷清寂寥中，自有对的人。

辛弃疾的情诗和爱国往往混杂着书写出来。英雄美人，乃是古来定式。取得功名了，也要抱得美人归。这是旧时代男子的梦想。

辛弃疾的爱情诗词，也有着鲜明的封建社会家庭结构特色：一夫一妻多妾。

他有正妻，生儿育女，非常恩爱；但这是贤妻良母，在他笔下，是模范夫妻。

那些浓词艳赋情歌，则是写给侍妾们的。

比如这首《鹊桥仙·送粉卿行》，就是辛弃疾写给他的爱妾粉卿的。

『轿儿排了，担儿装了，
杜宇一声催起。
从今一步一回头，
怎睚得、一千余里。
旧时行处，旧时歌处，
空有燕泥香坠。
莫嫌白发不思量，
也须有、思量去里。』

还有《鹧鸪天》：

『困不成眠奈夜何！
情知归未转愁多。
暗将往事思量遍，
谁把多情恼乱他？
些底事，误人哪，
不成真个不思家。
娇痴却妒香香睡，
唤起醒松说梦些。』

这个香香，也是小妾之一。

妾不是正式的妻子，地位卑微低下，没有人身经济权，可以买卖，赠送给朋友，也可以遣散，帮她们找个归宿。

词本来就有“词为诗之余”的说法。历来，诗是正经堂皇的，词是消遣私情的。因为苏轼、辛弃疾等人的改造，大量填写了爱国言志的作品，才带来了新风气，有了豪放派。

话说回来，豪放派也不是一味地高喊高呼，也讲究文采和蕴藉，所以，常常是家国一体，写爱情和写爱国融合在一起，香草美人本来就是中国文学的悠久传统。

他的《满江红》：

『休感叹，年华促。
人易老，叹难足。
有玉人怜我，为簪黄菊。
且置请缨封万户，
竟须卖剑酬黄犊。
叹当年、寂寞贾长沙，
伤时哭。』

有“玉人怜我，为簪黄菊”，也有感叹汉代名士贾谊的叹息。李商隐写《贾生》：

『宣室求贤访逐臣，
贾生才调更无伦。
可怜夜半虚前席，
不问苍生问鬼神。』

归根结底，抱怨的还是不受重用，君王昏庸。

爱情是精神安慰，美人的怀抱，是英雄的慰藉。

他还有一些情诗，非常逢场作戏，写的都是一些打情骂俏、肉麻兮兮的风流生活，《唐多令》里写道："凤鞋儿、微褪些根。忽地倚人陪笑道，真个是、脚儿疼。"

这些词句都属于平庸之作，日常消遣娱情。

但是，辛弃疾凭借一首《青玉案》，在无数同类作品中脱颖而出，格调非凡，抵达天人境界。

把"寻他"作为追求理想的象征，也是成立的。做出一番伟大功业，是古今有志男子的毕生追求。

但我更加愿意从爱情角度来欣赏。这词，作为情诗来看，刻骨铭心，执迷不悔，格外情深，成为上升到人生哲学的艺术珍品。

世人都喜欢热闹，不喜欢孤独凄清。可是真心人，偏偏不在浮华场面上，而是独自守候在灯火阑珊处。

这是一种吹尽浮尘、返璞归真的诚挚，令人泪下。

情怀之高远，内心之求索，实在是苦心孤诣，终成千载名篇。

废池乔木，犹厌言兵。
渐黄昏，清角吹寒，
都在空城。
杜郎俊赏，算而今、
重到须惊。
纵豆蔻词工，青楼梦好，
难赋深情。
二十四桥仍在，
波心荡、冷月无声。
念桥边红药，
年年知为谁生。

33

姜夔：此情此景，我想吟诗一首

扬州慢　姜夔

序：淳熙丙申至日，予过维扬。夜雪初霁，荠麦弥望。入其城，则四顾萧条，寒水自碧，暮色渐起，戍角悲吟。予怀怆然，感慨今昔，因自度此曲。千岩老人以为有『黍离』之悲也。

淮左名都，竹西佳处，
解鞍少驻初程。
过春风十里，
尽荠麦青青。
自胡马窥江去后，

词牌《扬州慢》是宋朝词人姜夔的首创，收录在《白石道人歌曲》，为双调慢词，共九十八字。

这首《扬州慢》又有一则详细说明的序。我为什么说“又”呢？

欣赏姜夔的词，有个细节很值得注意。姜夔的词作本身是以清丽工巧、含蓄雅致而著称，但他有一个显著的写作习惯，特别喜欢为作品配一个序。在序里面交代自己为什么写，在什么地方有感，被什么人什么事所触动。

与他同时代的辛弃疾、杨万里、范成大等名家，也会自序题注，但没有这么频繁，这么认真细致。姜夔传世的词作80多首，带序的就有30多首，接近一半，其中有些篇章的序言字数，比词本身的字数还多出一倍。

这说明什么呢？说明姜夔的创作态度是极为严谨的，他希望自己的心思准确无误地抵达读者的心中。这也是音乐家姜夔的创作习惯，更是我们打开他内心世界的钥匙。

姜夔通音律，气质也好，很有晋代人的神仙范儿，是一个非常追求高雅艺术表达的词人。同时代的陈郁在《藏一话腴》里评价说：“白石道人姜尧章，气貌若不胜衣，而笔力足以扛百斛之鼎。家无立锥、而一饭未尝无食客，图史翰墨之藏充栋汗牛。襟期洒落，如晋宋间人。”

姜夔字尧章，号白石道人。“气貌若不胜衣”，就是说他的人特别清瘦。搞艺术的人，越瘦越有气质。另外两句话是说姜夔自己很贫困，家无立锥之地，但还是很好客。家里的藏书多，胸襟磊落洒脱，很有魏晋人的风度。

姜夔的词，大量地描写风景。按照王国维在《人间词话删稿》里的说法："昔人论诗词，有景语、情语之别。不知一切景语皆情语也。"

景语就是情语，情景交融，写风景和抒情本来就是一体的。心里没感情，无所触动，再美的风景，也激发不出诗词。王国维是一个真懂诗词的人，一眼看破创作的戏法。

《扬州慢》这首词，姜夔直截了当表明了自己的创作理念。他交代了写作的背景：在这一年，他经过了扬州，当时是个夜晚，终于雪停了。荠麦这种野生麦子，到处繁殖茂盛。进入城里面一看，四周都是萧条一片。寒冷的水面泛着碧绿。这说明水草浮萍已经占据了湖面，很久没有游客渔民收拾清理。

在暮色黄昏之中，号角吹出了悲伤的声音，姜夔心里格外悲怆，感慨过去现在，所以就创作了这首曲子，包括格律词牌。"千岩老人"直接就点出主题，这是一首怀着黍离之悲的词。

"千岩老人"指的是当时的老诗人萧德藻。"黍离之悲"就是国破家亡的悲痛，《黍离》是《诗经·国风·王风》中的一篇，采集自东周都城洛邑周边地区，感慨家国的兴亡。

他把满腔的悲愤，包裹在了精巧的词句中。他用杜牧曾经的风流俊逸，回忆扬州的富庶，怀念故国的兴旺繁华。

扬州在隋朝那是当之无愧的国际大都市。"淮左名都，竹西佳处，解鞍少驻初程"，就是在说，扬州是一座名城，当地的风景名胜乃是竹西亭。初到扬州我解鞍下马，在此停留。

『过春风十里，
尽荠麦青青。
自胡马窥江去后，
废池乔木，
犹厌言兵。
渐黄昏，清角吹寒，
都在空城。』

这里化用了杜牧的名句：“春风十里扬州路，卷上珠帘总不如。”

以前的扬州城，春风十里，沿途无比热闹，而今却是野麦子青青，杂草丛生，荒芜了。自从金兵侵犯长江流域以后，连荒废的池苑和古老的大树，都厌恶再提起那场可恶的战争。临近黄昏凄清的号角已吹响，回荡在这座凄凉残破的空城。

『杜郎俊赏，
算而今、
重到须惊。
纵豆蔻词工，
青楼梦好，
难赋深情。』

杜牧曾以优美的诗句赞赏扬州城，他要是故地重游，会为扬州今天的样子震惊。杜牧写少女绮丽缠绵的诗非常出名，在《赠别》中写过“娉娉袅袅十三余，豆蔻梢头二月初”，在《遣怀》写“十年一觉扬州梦，赢得青楼薄幸名”。

所以姜夔叹息，纵使有写“豆蔻”“青楼”这样精致香艳诗句的才华，也很难抒写城破荒凉的深沉之情。

『二十四桥仍在，波心荡、冷月无声。念桥边红药，年年知为谁生。』

这又是在继续化用杜牧的诗句，“二十四桥明月夜，玉人何处教吹箫”。红药，也就是红色的芍药花，乃是扬州的名花。

二十四桥依然完好毫无损伤，桥下却只有波光荡漾和清冷寂寥的月影。言外之意，从前玉人吹箫的场景，烟消云散，繁华褪去，令人凄然。顺着这样的意境，姜夔自然心中感慨：想着那桥边的红芍药，年年是为谁而生？还有谁来欣赏？

也正是因为姜夔是一个精通音律，能够自己作曲填词的人，他的为人处世，他的生活方式，有着典型的知识分子味道，会弹琴，会吹笛，精致典雅。姜夔的书法也写得好，他的楷书端庄工整，精美之极，特别雍容恬淡。雅得不得了。这是非常有代表性的文人审美，追求清雅疏朗。

写这首《扬州慢》的时候，姜夔才 21 岁，是个少年郎。他的文风就已经非常鲜明，与众不同，有个人特色。

我特别喜欢他的《鹧鸪天》里“人间别久不成悲，两处沉吟各自知”，还有《暗香》里的“旧时月色，算几番照我，梅边吹笛”。

这种纤细心思，媲美周邦彦和秦观，但比他们还要雅致。周邦彦和秦观的词，还是有冶艳浓情的成分，姜夔完全就是清清冷冷，含蓄到底，遣词造句，没有什么轻浮的气息。

姜夔一生没能当官。公元 1197 年，他向当时的皇帝献上《圣宋铙歌鼓吹十二章》，得到了破格去考进士的机会；很遗憾，他还是没考上，落选了。仕途无望，他彻底游离于庙堂之外，成了一个江湖诗人。

他就靠着卖字和朋友的接济为生。妙就妙在，很多人愿意呵护他，照料他。

张鉴是宋朝大将张浚的后人，家里非常富裕，跟姜夔交往密切，感情特别好。姜夔在张鉴家里一住就是十年，堪称知己。

姜夔在《自叙》中说：“嗟乎！四海之内，知己者不为少矣，而未有能振之于窭困无聊之地者。旧所依倚，惟有张兄平甫，其人甚贤。十年相处，情甚骨肉。而某亦竭诚尽力，忧乐同念。”

平甫就是张鉴的字号，姜夔一生的好朋友很多，但能够照顾姜夔，让他消除衣食后顾之忧专心创作的人，只有张鉴。有了张鉴的资助，姜夔才得以安心过着艺术家的逍遥生活。

在张鉴死后，姜夔生活失去倚靠，陷入困顿。其实张鉴生前打算帮姜夔买官，赠送田地给姜夔安居养老，但都被姜夔婉拒了。姜夔对钱财的态度，反衬出他个性中的清高矜持。

张氏家族的后人张炎在自己著作《词源》中评价：“词要清空，不要质实。清空则古雅峭拔，质实则滞凝晦昧。姜白石词如野云孤飞，去留无迹。……不惟清空，又且骚雅，读之使人神观飞越。”

姜夔自己也说：“我爱幽芳。”一个幽字，说出了他自己最大的特点。隔着千年，读他的词句，仿佛能够听到他幽幽然的叹息。

34

《长亭送别》：范仲淹的接力棒，王实甫接下

长亭送别　王实甫

碧云天，
黄花地，
西风紧。
北雁南飞。
晓来谁染霜林醉？
总是离人泪。

碧云天是个常用词，天气晴朗，蔚蓝天上有白云浮动，是为碧云天。抬头可见。

唐代张祜写过“峡深明月夜，江静碧云天”。同样在唐代，杜牧叶写过“碧云天外作冥鸿”。

“北雁南飞”，也是一个常见的意象。

汉代刘彻在《秋风辞》里写：“秋风起兮白云飞，草木黄落兮雁南归。”

唐代鱼玄机在《闺怨》里写：“别日南鸿才北去，今朝北雁又南飞。”

“离人泪”还是个很多人用过的意象。

宋代的晁端礼：“念当年门里，如今陌上，洒离人泪。”还有苏轼的《水龙吟》：“春色三分，二分尘土，一分流水。细看来，不是杨花，点点是离人泪。”

其实，黄叶地这种情景也很常见。深秋发黄的落叶，掉落满地。但是这一幕，就很少被人写入诗词，直到范仲淹的绝妙好词《苏幕遮》诞生：

『碧云天，黄叶地。
秋色连波，波上寒烟翠。
山映斜阳天接水。
芳草无情，更在斜阳外。
黯乡魂，追旅思。
夜夜除非，好梦留人睡。
明月楼高休独倚。
酒入愁肠，化作相思泪。』

“碧云天，黄叶地”，第一次组合起来，天空蔚蓝，地面金黄，这样的色彩，出现在秋高气爽，周天舒展寥廓的氛围之中，奇妙的视觉效果与空间感受，就统一起来。

范仲淹无疑是一代文学大家，同时，也是个美学高手。秋天的水面，碧波荡漾，这水面弥漫着雾气，也被映照出青翠的颜色。大面积的色块，给人以明净平静的感受，让人毛孔扩张，更加散热，紧接着就觉察到秋风吹来的清冷。

在高手的肩膀上，王实甫化用范仲淹的词，写到自己的戏曲唱词里，锦上添花，更上一层楼。

『碧云天，黄花地，
西风紧。
北雁南飞。
晓来谁染霜林醉？
总是离人泪。』

一气呵成，以迅雷不及掩耳之势，打动了读者。

黄叶变成了黄花，落花比落叶更加让人惋惜，触景伤情，更加有一种惹人怜惜的美感。西风萧瑟，在秋天别离，大雁南飞，情景都准备好了，就等着奇崛的故事发生。

离人落泪，寻常可见。但这眼泪太悲情深重，竟然染红了霜林。霜打过后的秋天树林，本是泛白的，却恍如醉酒一般泛红。这是在寓意血泪。崔莺莺对张生的真情，可谓刻骨铭心。《红楼梦》里贾宝玉唱的曲词是："滴不尽相思血泪抛红豆。"

泪干泣血，染红霜林，实在是惊心动魄。戏剧故事为了渲染爱情，用上了最为夸张的手法，却显现出奇崛的艺术魅力。令人一见之下，再也难以忘怀。

借用文学大家的精华词句，巧妙化用，发扬光大，是文艺创作的正经门道。一代代积累的好东西，熔为一炉，就能成就自己的文采华章。

35 纳兰性德：全大清最重情义的男人

清朝有个才子顾贞观，为了救他的好友吴兆骞，写下这样的字句：“我亦飘零久！十年来，深恩负尽，死生师友。宿昔齐名非忝窃，只看杜陵消瘦，曾不减，夜郎僝僽，薄命长辞知己别，问人生到此凄凉否？千万恨，为君剖。”

这词字字泣血，交给了纳兰性德，终于感动这位贵公子。他动用父亲明珠的权势，救回了吴兆骞。这时候已经二十多年过去了。

吴兆骞的宁古塔流放生涯开始时很是悲苦。他给顾贞观写信说：“塞外苦寒，四时冰雪，鸣镝呼风，哀笳带血，一身飘寄，双鬓渐星。妇复多病，一男两女，藜藿不充，回念老母，茕然在堂，迢递关河，归省无日。”

而顾贞观，收到吴兆骞的来信，无限感慨悲凉，回寄了两首《金缕曲》的词，为之奔走，为之屈膝。

开头是其中一首，另外一首是：

季子平安否？便归来，平生万事，那堪回首？行路悠悠谁慰藉？母老家贫子幼。记不起、从前杯酒。魑魅搏人应见惯，总输他、覆雨翻云手！冰与雪，周旋久。

泪痕莫滴牛衣透。数天涯、依然骨肉，几家能够？比似红颜多命薄，更不如今还有。只绝塞、苦寒难受。廿载包胥承一诺，盼乌头、马角终相救。置此札，君怀袖。

但因为有文化，吴兆骞在关外后来享受到了特别礼遇，以教书为生，生活改善，还做了黑龙江将军巴海家的私教，结社写诗，饮酒聚会。

吴兆骞死前对儿子说，“吾欲与汝射雉白山之麓，钓尺鲤松花江，挈归供膳，付汝母作羹，以佐晚餐，岂可得耶。”

可见关外生涯，令他刻骨铭心，凄苦之余，也有一部分正常生活。人生本来就是悲喜交替，暂时忘却，时常想起。

传说吴兆骞回来以后，偶然跟顾贞观口舌之争有了嫌隙，纳兰性德居然带他到自己书房，让他看右楹所书的“顾梁汾为吴汉槎屈膝处”。

吴兆骞了解详情后大哭，重新与之和好。这事真的太戏剧化了。如果是真的，那纳兰性德很有当“导演”的天分。他让这一段友情，得以善始善终。

吴兆骞去世后，纳兰性德还写了《祭兆骞》交代这件事：自我昔年，邂逅梁溪，子有死友，非此而谁。金缕一章，声与泣随，我誓返子，实由此词。

也就是说，他盖章签字，证明就是因为顾贞观写的《金缕曲》令他泪流满面，发誓要帮忙救回吴兆骞。

其实古代文人之间，常常有这种超乎常人想象的交好。从唐代的元稹白居易，到清代的顾贞观吴兆骞。这些惺惺相惜的才子，本质上是一样的。

顾贞观："追忆昔时，相识在甲午之春，相别在丁酉之秋，知交中未有契阔如此者。然两人既空馀子，一日便可千秋。"

这位才子别人都看不上，目空一切，唯独看得上吴兆骞。世间始终只有你好，堪称"死生契阔，与子成说"。接下面两句，你们可以自己背诵看看，体会体会。

结果，第二年，纳兰性德也病逝。顾贞观的新旧知己，都死了。顾贞观回到故乡隐居起来，不再流连繁华京城。

他再次追忆起"岁丙辰，容若[1]年二十有二，乃一见即恨识余之晚。阅数日，填此曲为余题照。极感其意，而私讶'他生再结'殊不祥，何意为乙丑五月之谶也，伤哉！"

纳兰容若《金缕曲·赠梁汾》："德也狂生耳。偶然间、缁尘京国，乌衣门第。有酒惟浇赵州土，谁会成生此意？不信道、竟成知己。青眼高歌俱未老，向樽前、拭尽英雄泪。君不见，月如水。共君此夜须沉醉。且由他、蛾眉谣诼，古今同忌。身世悠悠何足问，冷笑置之而已。

[1] 纳兰性德字容若。

寻思起、从头翻悔。一日心期千劫在，后身缘、恐结他生里。然诺重，君须记。”

顾贞观号梁汾，真奇怪，纳兰性德仿佛早就知道自己会英年早逝。年轻时候，才 22 岁，写给顾贞观的词，直接说他们两个人，一个是京华公子，一个是落魄文人，没想到居然变成知己。……再结缘恐怕要看来生了。不过一诺千金重，您要记得。

其实，故事是感人肺腑的老故事。我却总在琢磨一个微不足道的问题——顾贞观写下“问人生到此凄凉否”的时候，大概那就是一生中凄凉的最顶点。

顾贞观死于公元 1714 年，那时候纳兰性德也死了快 30 年。他要用漫漫余生来悼念两个知己，反而没有再写出什么惊心动魄的词句了。顾贞观说自己后来很少写词，免得睹词思人触景生情。深情耗尽，唯余哀伤。悲痛来来回回只能重复咀嚼。

顾贞观如果没有遇到吴兆骞，人生必然寂寞。早慧的天才，举眼望去，庸庸碌碌，真的是不足挂齿。

对于纳兰性德来说，他见证了一场男人之间的伟大感情。这么一个年轻男人，目睹了一个中年男子为救另外一个中年男子，矢志不移，不惜跪求，他心里受到震撼之外，诞生的恐怕是羡慕。如此赤忱热血，又如此深厚辛酸。

世人重利轻情义，纳兰性德生于大富大贵之家，是大臣明珠之子，见惯了荣华和攀附，就不稀罕了。纳兰公子又有才华，情感丰富细腻，赏识有才之士，千金重一诺。可谓空虚又寂寞。他讲情义，却找不到同类。顾贞观的出现，对故友的深情，简直是上天赐给纳兰性德的礼物。他彻底征服了纳兰性德的心。人生得一知己足矣，这样的知己，情义无价。

从前我总以为，世法平等，人皆有神性，只看蕴藏多少。但渐渐阅人阅世多了，最终确定，这世上人与人真的不一样。时常有泪、敏感慧心、深沉细腻的，就是极少数的一拨人，其余粗糙冥顽的是多数，这一点完全不讲究平等。

纳兰性德就如此。有清一代，富家子弟多如牛毛，权贵公子大多不是他这样的。纳兰性德这种人物，也只有一个。他的小半生玩的是风雅，走的是心肝肺腑。说实话，我翻纳兰性德的词，翻出的全是寂寞。是故，寂天寞地的高手，寂寞如雪，恰好天上掉下个顾贞观。

顾贞观帮他编辑词作，当他的老师，教他的，就是情与义。性情中人遇到性情中人，纳兰性德碰到了顾贞观吴兆骞，简直是中了头彩，才子最需要佳话。

他这段惊心动魄的际遇，如果没遇到顾贞观，纳兰性德的词作美则美矣，欠缺灵魂。有了顾贞观，他的心被冲击，人生被洗礼，词作境界才更上层楼。

庸庸碌碌不是一种天生的命运，而是一种后天的安全选择。惊才绝艳的天才们，其实不过是凭借至情至性，发泄一腔深情，把心交出来，托付知己，在人间冒险，所以超然众人。换了别的势利眼，顾贞观奔波跪求，也是白费力气。他们成全了彼此。